JUAN BOBO

CUENTOS INSÓLITOS

Ricardo A. Domínguez

Ilustrado por Ángel Flores Guerra B.

Publicado por Ibukku
www.ibukku.com
Diseño y maquetación: Índigo Estudio Gráfico
Ilustraciones: Ángel Flores Guerra B.
Fotografía de autor: Ricardo A. Domínguez

ISBN Paperback: 978-1-68574-019-1
ISBN eBook: 978-1-68574-020-7

Índice

Dedicatoria

Dedico este libro a mi Dios, quien me dio la inspiración.
A Puerto Rico, a todos los puertorriqueños,
a mi esposa querida y a mi hijo amado.

Prólogo

Mucho se ha escrito sobre Juan Bobo, quien es un personaje folklórico puertorriqueño —mezcla de tres razas dignas de ser recordadas—, jíbaro puertorriqueño de las montañas de Puerto Rico, y de sus intrépidas aventuras. Desde que nació Juan Bobo al mundo en una pequeña isla del Caribe, Puerto Rico, conocida como Borikén por los habitantes originales de la misma, se han escrito muchos cuentos populares, en inglés y español, sobre este entrañable personaje que siempre se enfrenta a una gran variedad de adversidades en la vida que, aparentemente, lo persiguen a donde quiera que vaya.

Juan Bobo es un chico "tonto", ¡eso es lo que cuenta la gente!, listo, la mayor parte de las veces —cuando quiere salirse con las suyas—, que es amado por todas las personas que le conocen.

Los cuentos basados en la figura de Juan Bobo siempre han sido un gran recurso cultural que ilustra aspectos de la vida y las tradiciones puertorriqueñas. Dicho personaje emigró al continente americano desde España, y sus historias están basadas en tradiciones orales influenciadas por las novelas picarescas españolas, pero, al mismo tiempo, en el caso de la tradición oral puertorriqueña, muestra influencias o elementos de tradiciones indígenas, españolas y africanas.

El Lazarillo de Tormes es parte del género picaresco español; género de ficción realista en el que el pícaro es la figura central de la obra. Juan Bobo, a diferencia de los pícaros en España que vivían de su intuición —entre curas corruptos y prostitutas, pordioseros y caballeros vagos, rateros, estafadores y asesinos—, deambula por el campo puertorriqueño y su pequeño pueblecito de antes, brincando de una misión a otra y de una adversidad a una nueva como si fuera un don Quijote puertorriqueño.

En este nuevo libro, "JUAN BOBO: CUENTOS INSÓLITOS", escrito en forma sencilla de manera que pueda penetrar en las masas poco privilegiadas del país, vamos a contemplar la misma esencia, tanto como la fantasía, de un Puerto Rico que está vigilante ante los acontecimientos históricos ocurridos en la isla desde su conquista por los españoles en el siglo XV, trasladándonos al momento crucial en que la Isla del Encanto es adquirida, como botín de guerra, por manos estadounidenses durante la Guerra Hispanoamericana de 1898, y yendo más allá de los límites y acontecimientos que sucederán en el siglo XXI. Muestra el libro una visión existencialista de la realidad puertorriqueña de mediados del siglo XX, mostrando el fatalismo intrínseco de una generación que ha sido predestinada al colapso económico, político, social y religioso por la nueva incivilización imperialista norteamericana que, con su orgullo y arrogancia, ha corrompido y maltratado la justicia y la dignidad de un pueblo noble y santo.

Mediante la introducción de datos históricos que confirman los crudos momentos por los que tuvo que pasar Puerto Rico en la primera mitad del siglo XX, este libro trata de desvestir la nueva literatura puertorriqueña de todos los sofismas que han enajenado y anestesiado la sensibilidad consciente de todo un pueblo que estaba tratando de crear una identidad nacional. Teniendo nuestra literatura la obligación de ser compromiso social, trayendo nuevos elementos imaginativos y estéticos, el propósito de este libro es formar parte de una literatura comprometida con las conciencias puertorriqueñas y universales. Nuestro nuevo Juan Bobo, aparte de parecer "tonto", quien fue presentado como un personaje estúpido y totalmente retardado —atribuyendo dicha condición, por las fuerzas opresoras yanquis, a la identidad nacional puertorriqueña—, muestra una nueva realidad —el eterno aventurero de espíritu alerta que, como don Quijote de la Mancha, no se cansa de brincar de una hazaña a otra más complicada— ante los lectores del siglo XXI. Su aparente ingenuidad sugiere una capacidad escondida o una forma provechosa de enfrentar la vida en un Puerto Rico repleto de desastres económicos y de choques culturales creados por el nuevo invasor colonial del norte, quien se hizo rey y señor en la tierra santa de Agüeybaná II. Este moderno Juan Bobo, a diferencia de las viejas historias que mostraban a un embaucador mal educado y cruel, es un ser que está consciente de las penurias que sufre el Puerto Rico de su momento histórico, que escucha en la radio los discursos de su héroe, "El Maestro", don Pedro

Albizu Campos, que puede tener conversaciones coherentes con su madre —en dialecto puertorriqueño de su realidad histórica—, y que no se detiene ante las circunstancias de la vida, las que enfrenta como todo un Rodrigo Díaz de Vivar (El Cid). En su afán de echar mano al "Santo Grial" borincano —una piragua de frambuesa—, cuyo costo era de cinco chavos en un mundo yanqui que ofrecía salarios insuficientes a los campesinos boricuas que tenían que mantener a una familia grande, Juan Bobo tiene que pasar por un sinnúmero de aventuras parecidas a las que tuvieron que pasar don Quijote de la Mancha y Sancho Panza.

En estos últimos cuentos de Juan Bobo, escritos en el año 2021—segundo año de pandemia planetaria—, él es presentado como un ser inteligente que aprende a través de las experiencias de la vida —cuando se juega la vida en la aventura de los trastes de la cocina que le caen encima cuando iba en busca de su madre que se encontraba en una reunión espiritista y cuando se enfrenta a los tres hombres bravucones que blandían sus machetes afilados, listos para cortarle la cabeza, experiencia que no repetirá— y que absorbe todo tipo de conocimiento —cuando es secuestrado por extraterrestres y llevado a otro sistema planetario viajando a través del tiempo-espacio, siendo, luego, instruido de una manera muy metódica que le abre los ojos a las realidades del mundo, haciendo que tome conciencia sobre las condiciones en que se encuentra su patria querida, la cual tratará de salvar cuando llegue a la edad de treinta y tres años de edad— como si fuera una esponja. Juan Bobo siempre muestra momentos jocosos y curiosos que nos harán reír con sus tonterías, las que, en realidad, ofrecerán una sabiduría popular a aquellos lectores que están prestando atención a la historia. Podemos decir que detrás de la figura de este nuevo Juan Bobo, que surge como una necesidad para la literatura puertorriqueña del siglo XXI, a diferencia de los ñangotaos empedernidos que no hacen nada por la patria, vemos al nuevo revolucionario en potencia, al verdadero amante de su terruño, al héroe que cambiará el destino de su bella Borinquén.

En este libro siempre tendremos presente el exaltamiento de la vida campesina del pueblito de antes, los productos de la agricultura, las costumbres culinarias, el sincretismo religioso y la relación que existe entre el campesino y los animales de la granja, cosas que apelan a la realidad histórica de Puerto Rico. Los comentarios, las descripciones y las citas históricas presentadas en esta obra brindan una gran cantidad de información sobre el tejido social, político y religioso del Puerto Rico de los años cuarenta a los años cincuenta. Cada historia, empapada con el rico e inmortal dialecto boricua, ilustra aspectos claves de la vida y las tradiciones puertorriqueñas de esos años, lo que permitirá que estos cuentos se conviertan en una cápsula del tiempo cultural, en un vehículo que permitirá preservar la realidad histórica puertorriqueña para las futuras generaciones.

La sesión espiritista

Ya todos conocemos al infortunado de Juan Bobo, un niño puertorriqueño, mezcla de tres razas dignas de ser recordadas —sangre taína, sangre española y sangre africana—, pero tirando, más bien, hacia la raza de Cervantes; con piel bronceada por el sol borincano, a veces muy afrenta'o con la comida, visto como un zángano por todo el pueblo, pero muy querido por todos.

Con el espíritu medio trastornado debido a las vicisitudes de la vida pobre campesina —donde la misma naturaleza se convierte en enemiga de los hombres— y a los desastres económicos y los choques culturales anglo-americanos creados por el nuevo invasor colonial del norte —quien todavía se cree un Dios en tierra de Agüeybaná II, que puede hacer y deshacer a diestra y siniestra—, impuestos sobre el pueblo de Puerto Rico desde el año 1898, quien nunca prometió a la clase adinerada puertorriqueña —descendientes de españoles— que con la invasión vendría la anexión, o sea, la estadidad. El nuevo mundo yanqui se volvería muy nocivo a la idiosincrasia del verdadero puertorriqueño, el que iba a ser aniquilado por el progreso, las máquinas, la ciencia y la tecnología, creando, de esa manera, al hombre marginado, al hombre explotado por el nuevo amo blanco —al que no estaba inmune el puertorriqueño—, quien ofrecía salarios insuficientes para mantener a una familia grande, trayendo, de esa manera, miseria, dolor, enfermedad y muerte a quienes consideraba —el gran civilizador— bárbaros y bestias. Toda esta injusticia traída por la nueva incivilización imperialista, con todas sus estratagemas, hará que, como dijera Julia de Burgos en su poema *"A Julia de Burgos"*: «las multitudes corran alborotadas dejando atrás cenizas de injusticias quemadas», blandiendo los machetes libertarios contra todo opresor que, con su orgullo y arrogancia, corrompió y maltrató la justicia y la dignidad de un pueblo noble y santo.

El pobre de Juan Bobo, que era pobre por naturaleza —habitante de lo que *"hoy debiera llamarse Puerto Pobre"*, de acuerdo con lo que dice Manuel del Palacio en su soneto *"Puerto Rico"*—, subsistiendo en la inopia del campesino típico puertorriqueño que, de acuerdo con José Luis González en *"El país de cuatro pisos"*: «*ignora las teorías más rudimentarias de la ciencia agronómica*» *y* desconoce «*la necesidad de los abonos, la clasificación de los terrenos, la utilidad del arbolado, la influencia mortal de los pantanos, la conveniencia del riego*», etcétera, vivió en una época —nadie sabe cuándo nació Juan Bobo— donde no existía la televisión y en donde la gente se reunía alrededor de mesas redondas para bembetear sobre los chismes del momento, para hacer sesiones espiritistas donde —dicen los que han tenido experiencia en el asunto—, la gente podía comunicarse con los espíritus de los familiares muertos —algo que está prohibido por la Biblia, la Palabra de Dios—, o para hablar sobre platillos voladores, esos que pasan merodeando por las montañas con todas esas lumbreras de los colores del arcoíris. Dicen que cada vez que canta el gallo con su quiquiriquí a medianoche, es porque vio un platillo volador desplazándose por los aires a través de las montañas de la esplendorosa Borinquén. Dice la gente que esos platillos voladores aparecen en la noche, en medio de una tiniebla espesa que ellos mismos producen por medio de alguna tecnología diabólica, y que unos hombrecitos verdes entrometidos, chiquitititos como enanos de circo, se roban las vacas de las finquitas y que después las tiran al vacío desde allá arriba todas machucadas y con rotitos en los cuellos que parecen mordeduras de vampiro. Esas terroríficas manifestaciones —algunas, placenteras para esos hombres que le dieron el nombre de "dioses" a los viajeros celestiales— sobrenaturales en el aire se han visto desde tiempos de los taínos y los conquistadores españoles. Dicen los cuentos de la gente que los taínos creyeron que los conquistadores españoles eran dioses porque ellos ya habían tenido contacto con gente blanca con barba, que venían en unas extrañas embarcaciones monstruosas repletas de armas espantosas, posiblemente lo que la gente llama hoy en día "platillos voladores".

Un día la madre de Juan Bobo, siempre ajorá en los quehaceres del hogar —símbolo de la mujer puertorriqueña trabajadora—, en su casita antigua de tabla y techo de paja del tiempo de los españoles, abandonada por su esposo que devengaba jornales miserables cortando caña de azúcar —dicen que se fue pa' los Niuyores (en uno de esos aviones de Pan American World Airways), gélida ciudad en donde el cielo no tiene estrellas, ¡y que para abrirse paso!, pero que fue secuestrado por una de esas compañías americanas de gran renombre que quieren traer el progreso, y puesto en un furgón bien sellado y fue llevado, sin que él lo supiera, a Hawaii, para la colección de piña—, fue invitada por una vecina bochinchosa, una de las jamonas del pueblo, a ir a una de esas reuniones, en donde la gente intenta hablar con sus seres queridos que ya han partido hacia el más allá, ya sean los de arriba (los blanquitos ricachones) o los de abajo (los taínos, africanos y mulatos pobres).

—¡Oiga, comai! ¿Quié vinil a la reunión ehpiritihta que ban jacel ehta nonche en la inglesia en menmoria de Tato, el balbero? ¿No le parece a uhteh interesante? ¡Mire uhteh! Dincen que, pues yo no soy de esah viejah bochinchosah del barrio, dincen, como le dije, que el balbero dejó una purrucha e chavoh ehcondi'o en argún lugal y que nandie, ni sinquiera su mujel, saben ahonde ehtán loh cualtoh. ¡Mire uhteh! La mujel del balbero tiene ocho barrigoncitoh a loh que tiene que alimental. La reunión va a sel hoy, a lah siete e la nonche, en la inglesia Metodihta que ehtá enfrente e la placita der pueblo, la que tienen un lindo flamboyán al la'o. El cura noh pelmitió usal el salón de fiehtah pa' jacel la reunión. Arrrecuéldese uhteh que va a sel a lah siete e la nonche. Béngase uhteh rápido cuando pase pol er cemeterio, que no se vaya a asustal con loh mueltoh. Arguna gente dincen que jai vampiroh en lah tumbah y que jai que clabarle una ehtaca bien afilá en er corazon pa' matal-loh bien arrrema-ta'oh. Dincen que esoh vampiroh son hijoh der diablo que se ñama Drácula, ese que vive en un barrio por ahí que se ñama Tramsilvaina.

¡Precisamente eso era lo que faltaba! ¡Ser invitada a un jolgorio y tener una obligación de esas que no se pueden echar a un lado! La madre de Juan Bobo, rebuscándose entre las greñas —que eran un remolino—, atormentada con la idea de que podría tener una noche para ella, libre de responsabilidades, estaba muy interesada en asistir a tan interesante reunión, pero el compromiso que tenía de velar a Juan Bobo la hacía pensar dos veces, y le dijo a la mujer con mucho entusiasmo sin pensarlo dos veces:

—¡Con mucho gusto! ¡Allí estaré! Estoy preparándole un sancocho a Juan Bobo para que no se quede con hambre. Usted sabe muy bien que Juan Bobo es muy afrenta'o con la comida. Siempre está pidiendo para picar de aquí y de allá. Vive la vida al garete persiguiendo a la pobre puerca, que ya le ha cogido pánico, o gritándole al gallo para que se calle la boca. Un día lo agarré tratando de llevar al gallo al corral de las gallinas para que hiciera fresquerías con ellas. ¡Ya yo no sé qué voy a hacer con ese contralla'o de muchacho! Tendré que pedirle a Juan Bobo —que es un zahorí— que se quede tranquilito esta noche en la casa, siempre rezando un Padre Nuestro y un Ave María para que me lo guarden y me lo cuiden, y que no se le ocurra vestir a la puerca otra vez, y mandarla a la iglesia como ya saben todos ustedes que hizo un día. Cuando vea que tiene un buen sancocho en la cocina, no va ni a chistar. ¡Usted sabe muy bien cómo son los hombres cuando ven comida! La semana pasada le preparé unas alcapurrias de carne de vaca y se las jartó en un santiamén y se quedó dormidito como un lirón por doce horas de corrido.

—¡Ansí son lah cosah con Juan Bobo! ¡Bien educa'o y con buenah cohtumbreh! ¡Ese muchacho tiene una inmaginación increíble! ¡Yo sé que ese nene ba a sel un hombre e probecho sienmpre y cuando no esté empehtillao con una loca que se guilla e sel muy modelna! ¡La vilgen lo proteja siempre! ¡Yo siempre lo ha dicho! ¡Que el amol e loh hombreh entra pol la cocina y termina en la cama jaciendo frehqueríah to' el santo día y jaciendo muchachoh manduleteh que no jacen na' mah que lloriqueal, cagal y dulmil! ¡Y hay que tenel cuida'o que si no jacemoh la cosa bien en la cama, se enfogonan con una, y se largan pa' la calle y agarran al primer cuero que encuentran en la primera ehquina y siguen jaciendo frehqueríah y grajeándose jahta la madrugá! —así le respondió la solterona bochinchera a la madre de Juan Bobo.

Juan Bobo, que aún no conocía los planes que tenía la madre de asistir a la reunión espiritista, le dijo —con sus brazos inquietos— y, luego, le preguntó:

—¡Mire Mai! ¡Yo he empensao en que uhteh tienen un secreto muy secretiao que no me quié dicil y me quié cogel de suruma! ¿Aónde va uhteh vehtíah e blanco y tan emperifollá? ¡Uhteh a mí no me pué engañal con cucoh que no eg...eg... egxicten! Y, ¿ese eh el rosario blanco e la aguela? ¡Ya pareceh uhteh uno de esoh ehpatapájaroh blancoh que jacen allá en la nieve en loh Niuyoreh aonde se fue pai! ¡No se crea uhteh que yo soy tan bobo como parece! ¡A mí no me pué cogel de mangó bajito!

A lo que le respondió la madre de Juan Bobo, yendo derecho al grano sin ocultar la verdad:

—¡Ay, sí, mijo! ¡Usted tiene toda la razón! ¡No es que yo desconfíe de usted! Es que Minga, la solterona bochinchera, la que trabaja para el boticario, me invitó a una misa en la iglesia Metodista, la que está frente a la placita del pueblo y que tiene un hermoso flamboyán borincano al lado, el cual siempre está lleno de pitirres que están listos de caerle encima a esos guaraguaos imprudentes.

¡Mire usted, que le he dicho a dónde es que voy! ¡Le pido un favor! ¡Que no salga usted de la casa y que no vista usted a la puerca con mi mejor vestido, y que no le ponga mis collares, ni pantallas, y que no la mande usted a la iglesia como lo hizo usted hace un tiempo atrás. Estaremos todos los vecinos en un velorio, rezando el Padre Nuestro y el Ave María por el alma de Tato, el barbero, que se murió, así de repente, y que ha dejado a su mujer viuda y a ocho barrigoncitos sin padre.

Inocentemente, ésta fue la respuesta que le dio Juan Bobo a su madre:

—¡Ah, bueno! ¡Me lo jubiera digio enanteh! Pero ¡si en la inglesia jai un padre! ¡Yo ehtoy enseguro que él puede jacerse encalgo e la viudita y e loh ocho barrigoncitoh! ¡Totay! ¡Ella siempre jiba a la inglesia to' los díah y que a jecharse la conmunnión con el padrecito! ¡Dincen lah malah lenguah que la mujel del balbero eh la jeva del curita y que se la pasan gozando jaciendo muchah frehqueríah en el artar aonde jacen la misa! Dincen esah viejah locah que jan veido pol un rotito que tiene una e lah ventanah e la inglesia a la mujel e Tato sentá' encima der cura, ernuita, brincando pa'rriba y pa'bajo como una batidora, ¡menea que te menea!, y que no se cansa e brincal y que mientrah brinca se la pasa gritando: "¡ay...ay... ay..., así...así...así..., qué rico!".

La madre de Juan Bobo, pálida como un espectro, pensando en aquel día cuando se quedó sola con el cura para una confesión —jardín de sueños y pasiones efímeras—, soltó una leve sonrisa sarcástica, pero con pena al mismo tiempo y le contestó a su hijo de esta manera:

—¡Ave María Purísima! ¡Qué criatura esta! ¡Ay, Santa Cachucha! Pero ¡qué ocurrencias las suyas! ¡No vaya usted diciendo por ahí lo que me acaba de decir porque nos entra una macacoa, de esas de las que uno no puede salir! ¡Usted es un niño y no está por ahí hablando chismes como las viejas bochincheras del pueblo! ¡Usted debe estar soñando! ¡Miren qué chavienda! ¡No se me ponga chango! ¡Mire que le dejo un buen caldero de sancocho para que no pase hambre esta noche! ¡Luego, se me persigna y me dice un Padre Nuestro y un Ave María, bien alto para que llegue al cielo, para que me lo cuiden y me lo protejan! ¡Y si no me hace caso, le voy a meter una katimba cuando llegue a la casa que se va a acordar de mí toda su vida!

Mientras la madre de Juan Bobo se preparaba, muy bien asicalá, para tan espectacular velada esotérica con las mujeres del pueblo, ya Juan Bobo se había jartado casi todo el caldero del sancocho que su madre le había preparado con tanto cariño. Indudablemente, Juan Bobo era muy lambí'o en cuanto se trataba de comida. Luego, Juan Bobo se fue al corral de la puerca, con caldero en mano, y le lanzó las sobras del sancocho que no se había comido, mientras su madre se arreglaba para ir a la iglesia.

—¡Cómanse uhteh to'a esa comi'a que jiso mai! ¡Yo sé que a uhteh le guhta lo que mai jace en la cocina y que uhteh se la ba a jaltal bolando! ¡No se vaya uhteh a metel aentro e la casita a robalse la ropa y lah prendah e mai! ¡Ba y me culpa a mí y me cae encima como un bombero! —así le habló Juan

Bobo a la puerca, mientras le lanzaba las sobras del delicioso sancocho criollo.

Cuando Juan Bobo vio a la puerca comerse ese rico sancocho que había preparado su madre, las tripas, insatisfechas —nunca saciadas—, le hablaron diciéndole que debía ir a buscar más comida, pues muy pronto le entraría un hambre atroz que no iba a poder resistir.

Juan Bobo, que siempre estaba en la brega buscando comida, se puso a caminar alrededor de la casa buscando qué comer.

«¡Ay bendito! ¡Aquí no jay na'! ¡Éhto no e cáhcara e coco buhcal en to'a ehta jungla e malojillo! ¡Ay coño! ¡Ehtoh moriviví sí que pinchan loh de'oh! ¡Que no se entere mi mai que tengo loh de'oh toh colta'os porque me mete una pela con una chancleta, y, ¡fuácata!, pol ehtal rebuhcando por loh monteh! ¡La úrtima beh que me dio e arroh y e masa fue pol bebel ron pitorro con loh becinitoh que se pasan jaciendo manda'os a lah viejah chihmosah, y se me puso er culo biem colora'o como un tomate y con un dolol biem pelú!». —exclamó Juan Bobo al no encontrar nada a la mano.

Entonces, pensó en lo que le dijo su madre, que rezara un Padre Nuestro y un Ave María, y comenzó a rezar el Padre Nuestro a todo galillo, como si estuviera dando una serenata a una de esas niñas enclencas del pueblo a las que se pasaba ligando cuando se bañaban desnudas en el río:

«Pai nuehtro que estáh en lo cieloh,
santifica'o sea tu nombre; venga uhtéh
con tu reino, y jágase tu voluntáh
así en la Tierra como en er cielo...».

Y cantaba así, digo, rezaba así Juan Bobo por el camino, mientras buscaba en el solarcito campesino alguna verdurita que le quitara el hambre que tenía, pues siempre estaba esmaya'o. Su oración era todo un himno de alabanza a su Dios querido; ese Dios que ve en los cielos, en la noche, en las estrellas, en los campos, en la lluvia, en los animales, en el flamboyán al lado de la iglesia Metodista, en su madre querida, en la naturaleza con toda su entereza, aun en las calurosas tardes puertorriqueñas.

Ya lo tenía todo planificado Juan Bobo. Herviría la verdura en el fogón que estaba frente a la casita, teniendo en cuenta de no quemarse para no recibir otra pela, y se lo comería con un bacalao seco que tenía colgado su madre en la ventana de la cocina. Juan Bobo no hizo caso al gruñir de la puerca ni al piar de los pollitos. A esos los dejaría tranquilitos para otra ocasión. La nueva misión de Juan Bobo estaba muy clara y fácil de ejecutar: llenar el buche e inflar la barriga.

Mientras tanto, la madre de Juan Bobo, toda filoteá, se dirigió hacia el pueblo con su mirada puesta en el cielo estrellado de Puerto Rico —patria que carece de ideales superiores, pues todavía no despierta de ese sueño—, con su pensamiento lleno de preocupaciones sobre las cosas tan disparatadas que pudiera hacer su hijo amado, Juan Bobo. Era una noche tan hermosa que olía a cañaveral recién talado con machetes blandidos por manos patriotas de algunos buenos labriegos que sí aman la montaña y la patria, pero que nunca han escuchado a ese llamar patriótico que escribiera Lola Rodríguez de Tió: «¡Despierta Borinqueño, que han dado la señal!».

Al llegar a la iglesia Metodista, fue bien recibida la madre de Juan Bobo por todas las mujeres del pueblo y algunos de los hombres del barrio. El alcalde, el maestro y el boticario, todos estaban presentes. ¡Hasta el cuero del pueblo se había presentado a la actividad! Tal vez quería que le quitaran el fufú que tenía encima que le habían echado las viejas jamonas. Todos iban muy bien vestidos, todos de blanco, llevando rostros solemnes como si fueran a un verdadero velorio a la casa del pueblo, casa que parece una tumba hasta que vienen los hombres a habitarla (visitarla momentáneamente).

Y, volviendo a la historia de nuestro héroe, una vez saciada el hambre que tenía Juan Bobo, tuvo ganas de caminar por la vecindad, olvidándose de la perversidad amarga en que se encontraba su tierra santa y su pueblo que «*no siente el deshonor de ser esclavo*», como dijera Luis Llorens Torres en su poema *"Manolo el leñero"*, y escuchar el cantar del coquí —entre tenores y contraltos— y el croar de los sapos machos —entre barítonos y bajos— que le cantaban melodías de amor a las sapas que estuvieran dispuestas a ir de jolgorio campesino por los manglares de Puerto Rico, sembrando un poquito de esperanza de vida, en libertad, en sus diminutos corazones que serían diseccionados en alguna clase de biología, allá en la capital.

Todo el campo estaba estrellado por las constelaciones que no podía reconocer Juan Bobo y un roció leve enjugaba su boca que había olvidado lavarse luego de darse tan suculento manjar de verdura hervida y bacalao seco. Para el pobre de Juan Bobo la tristeza de su soledad se confundía con la alegría de haber satisfecho una de las necesidades básicas del campesino puertorriqueño — el hambre—, sin darse cuenta de la deshumanización y la degradación en la que había sucumbido su prisionera patria bajo los tentáculos poderosísimos del pulpo imperialista agresor que pisotea los sueños de un pueblo que duerme y no se da cuenta que es hora de luchar. Era muy acertado lo que decía Alejandro Tapia y Rivera en *"Mis Memorias"* sobre los puertorriqueños: «*Mis compatriotas están enfermos. La inercia moral, la indiferencia, el egoísmo, se los comen*». Una sociedad que, de acuerdo con Eugenio María de Hostos, en *"El propósito de la Liga de Patriotas"*, vemos que «*La población está depauperada*», donde «*la miseria fisiológica y la miseria económica se dan la mano*», *donde* «*el paludismo que amomia al individuo está momificado a la sociedad entera*». En su estrecha mente inocente de puertorriqueño sometido, Juan Bobo no era capaz de captar el significado que había en la palabra *"Libertad"*. No podía ver el valor y el sacrificio que existía en el término *"Patria"*, un Puerto Rico sumiso, desnaturalizado, arruinado, explotado, con su alma clausurada y su pueblo dividido por las fuerzas de ocupación que quieren convertirlo en puente militar para la futura invasión imperialista yanqui de toda la América Latina.

Cuando llegó Juan Bobo al pueblo, vio cómo algunos vecinos estaban sentados en la plaza sobre bancos de cemento, dialogando, dándose los mejores ratos permisibles. A otros los vio jugando dominó y también se fijó, muy atentamente, en un piragüero que pregonaba su mercancía de olores y colores desde un carrito de ruedas enclencas, raspando un hielo seco con un cepillo de metal y haciendo piraguas de distintos sabores: chinita, frambuesa, ajonjolí, tamarindo, coco, limón, papaya, parcha, anís, melao, y otros sabores borinqueños. Había un gran bonche de gente creando una gran bayoya alrededor del piragüero, todos pensando en el gran banquete que se iban a dar con esos sabores de la alegría. El viejo piragüero, experto cincelador de bloques de hielo, lograba vender decenas de piraguas a grandes como a chicos, y las vendía a los niñitos a sólo cinco chavos el cono. A los adultos les cobraba un dime por cada cono, pero ¡esas sí que duraban como media hora para comérselas! El nuevo empresario, o como dicen en los Niuyores, *"entrepreneur"*, no era nuevo empresario en su quehacer diario. Nuestro honrado comerciante aprendió a manipular los precios de su producto allá en el Bronx, en donde vivió unos seis meses, antes de coger la juyilanga y regresarse a Puerto Rico debido a los maltratos que sufrió a manos de esos hombres blancos que todavía se la pasaban maltratando a los africanos que habían nacido, legalmente, en los Estados Unidos. Para ellos, lo que no era blanco de pura cepa, era negro, sin importar de dónde venía la gente: Puerto Rico, Colombia, Ecuador, México, Cuba, Panamá, Haití, Jamaica, Honduras, Guyana, Perú, República Dominicana, Venezuela, o de la Conchinchina. Solamente tenían que mostrar un poco de tizne en la piel, o la mancha de plátano, para ser considerados negros. ¡Y muchos inmigrantes puertorriqueños que vivían en el South

Bronx! ¡Y en el Spanish Harlem, en la calle 116 del Este! ¡Y en el Lower East Side, conocido por los boricuas como "Loisaida"! ¡Sí, claro! ¡América! ¡La Tierra Prometida! La tierra prometida, pero para los blancos. Viviendo en el Sur del Bronx fue cuando escuchó por primera vez los nombres de Julia de Burgos y Pedro Albizu Campos, quien se fue convirtiendo en el héroe del piragüero poco a poco, cuando abrió sus ojos, por primera vez, a la realidad de Puerto Rico. Fue en el Bronx donde aprendió de esas cosas que hablan sobre la independencia de Puerto Rico. Allí fue cuando comenzó a arderle el corazón. Allí fue cuando comprendió que si quería libertad para Puerto Rico, solamente los machetes se la darían. Allí fue donde se hizo miembro del Partido Nacionalista de Puerto Rico.

Todos esos colores maravillosos que provenían del carrito del piragüero eran un gran espectáculo para Juan Bobo, quien quiso comprarse, al instante, una piragua de frambuesa, pero el pobre no tenía los cinco chavos para pagar al piragüero, quien no le fiaba a nadie. El piragüero se acordaba de cuando él estaba embrollao, allá en el Bronx, y nadie le prestaba ni un céntimo, otra de las razones por la cual tuvo que regresarse a su isla amada, donde las viejas costumbres todavía eran la ley del día en Puerto Rico. Ya no quería seguir llorando ni quejándose de esos fríos pelús del Bronx donde se la pasaba bebiendo café para matar el frío y aplacar el hambre; donde la vida es bien dura y ni tan siquiera conoces a tu vecino que lo separa la pared del apartamento. No quería ser un estorbo para la sociedad, mirando por la ventana a los cuatro vientos y viviendo, como todos los vagos, del mantengo degradante que contamina el espíritu y el alma de los puertorriqueños, que ni tan siquiera te da para ir a comprar una alcapurria o una morcilla al carrito de frituras de Saint Ann's Avenue con East 156th Street. El piragüero tenía una ardua tarea que le aseguraría una noble vida en un Puerto Rico liberado, la patria que debía transformar, aunque fuera blandiendo el machete contra aquellos que llovieron balas imperialistas yanquis contra Elías Beauchamp e Hiram Rosado en el cuartel de la policía de San Juan en el año 1936. Los espíritus inmortales de Elías e Hiram serán inspiración para aquellos que todavía ven el espectro de una patria en servidumbre. Al año siguiente, 1937, ocurrió la masacre de Ponce durante una marcha civil pacífica que tuvo lugar un Domingo de Ramos, donde policías y el ejército dispararon contra todos los manifestantes, quienes eran mujeres, niños y viejos.

—¿Qué voy jasel ahora? ¡Yo no tengo esoh cinco chavoh pa' compral la piragua! ¡Ay papaito santo! ¡Te prometo no vehtil máh a la puelca y te prometo no metel máh al gallo en el corral e la gallinah pa' que jaga frehqueríah con ellah si me consigueh cinco chavoh pa' la piragua e framgüesa que quiero! ¡Y no te molehto máh! Se preguntaba y oraba Juan Bobo —que era un pozo de nervios— para sus adentros, casi llorando, con una lágrima detenida debajo de su pestaña izquierda y un dolor que se agigantaba en su pobre corazón estoico.

Mientras más olfateaba Juan Bobo los colores tropicales del carrito del piragüero, más se le hacía la boca agua a nuestro pobre amiguito del campo. De repente, volvió su cabeza —muy desesperado y desdichado el muchacho— hacia todos lados, buscando la iglesia a donde había ido su madre a mostrar todos sus respetos a la esposa de Tato, el barbero. Imponente su espíritu noble —como el toro que embiste—, con la nueva misión que se había adjudicado, quería ver si su madre tenía los cinco chavos que tanto anhelaba para comprarse la deliciosa piragua de frambuesa a la que tantas ganas le tenía.

Apresuradamente, Juan Bobo dirigió sus pasos hacia la iglesia Metodista que estaba frente a la placita del pueblo. Adornaba la iglesia, a un costado, un majestuoso flamboyán veterano —símbolo de la patria puertorriqueña— que parecía un volcán que estaba ardiendo en la noche estrellada de este pueblito de la tierra borincana. Al llegar a la iglesia, como Juan Bobo no sabía ni leer ni escribir, no pudo leer un anuncio que había pegado a la puerta, el cual decía: "Reunión espiritista por el alma en pena de Tato, el barbero: 7 pm".

La noche estaba maravillosa y el olor a yerba mojada era muy refrescante. La clientela del piragüero era un gentío infinito como las estrellas del cielo, como la descendencia de Abraham, y el cántico de los coquíes se escuchaba en todo el pueblo, hasta en los platanales de las montañas en donde el ladrido de los perros le hacía coro y todo parecía que estuviéramos escuchando la ópera *"La traviata"* de Giuseppe Verdi. Juan Bobo, sentado en los escalones de la iglesia, pues no se había decidido a entrar, estaba maravillado con el deleitable concierto campestre y dijo a toda boca para que todo el pueblo lo escuchara:

— ¡Ay qué lindo suenan loh coquíeh e mi barrio! ¡Quiera Dioh que nunca desaparehcan loh coquíeh e mi tierra santa!

Ni el cántico de los ruiseñores ni el trinar de los pitirres podía compararse al cántico sublime nocturno de unos coquíes autóctonos de la tierra taína de Agüeybaná II, fiero guerrero que le hiciera frente a los conquistadores españoles. El pobre de Juan Bobo no tenía ni idea de lo que había acontecido en Puerto Rico —Borikén— en el año 1511 cuando los taínos, con su braveza fiera y golpes certeros, se enfrentaron al ejército más fuerte que conociera el mundo de esos días. No eran como esos de los que hablaba Juan Antonio Corretjer en su poema *"Los caminos"*, esos que «*con los brazos cruzados como cobardes castrados*» se ponían «*a mirar cómo violan nuestro hogar los extranjeros soldados*» creando un cataclismo ecológico, social y espiritual en el alma del pueblo borincano.

Mientras Juan Bobo se encontraba embelesado por el majestuoso concierto de las criaturas nocturnas, la iglesia le daba la bienvenida a todos los que fueron invitados a asistir a la sesión espiritista —luego de haber esperado en el vestíbulo unos diez minutos, bebiendo café puya que había traído una comai en una jarra de metal ¡y que para no dormirse en la reunión! —, la que estaba dedicada a Tato, el barbero del pueblo. La noche estaba estrellada, con luceros que besaban la Creación, y hasta la misma Vía Láctea decía presente, dejando que la luna tomara un descanso de su ardua labor de iluminar las noches cuando los amantes se esconden entre los matorrales para hacer de las suyas. Los cucubanos, como luces primitivas, servían de lámparas que iluminaban el paso de la gente que entraba al lugar sagrado, mientras que del majestuoso flamboyán rebelde emanaba sangre y fuego de sus flores coloradas. El canto de los coquíes embriagaba las almas de los allí presentes. Todos los que estaban en la iglesia no venían a escuchar la misa del cura, venían a encontrar esa fortaleza y claridad espiritual que no podían encontrar en las religiones de antaño, sin saber que arriesgaban sus destinos y el de sus familiares, asistiendo a este tipo de eventos esotéricos que estaban prohibidos en la Biblia por ser prácticas paganas, de acuerdo con Deuteronomio 18:10-11: «[10] *No sea hallado en ti quien haga pasar a su hijo o a su hija por el fuego, ni quien practique adivinación, ni agorero, ni sortílego, ni hechicero,*[11] *ni encantador, ni adivino, ni mago, ni quien consulte a los muertos*». Jesucristo nos habló muy bien sobre lo que teníamos que hacer en cuanto a los muertos en Mateo 8:22: «[22] *Sígueme; deja que los muertos entierren a sus muertos*».

A pesar de estar violando y violentando los estatutos y mandamientos de Dios, el espectáculo ceremonial estaba a punto de dar comienzo en la iglesia a las mismas siete en punto de la noche, un sábado, luego de que un aguacero improviso mantuvo a los morivivíes dormidos durante todo el día del viernes. Todos los integrantes de la sesión solemne —las solteronas, las viejas chismosas, el boticario, el alcalde (quien tenía al electorado metido en el bolsillo y quien era el amante número uno del fleje de la barriada), el maestro, la madre de Juan Bobo y hasta el cuero del pueblo (quien había probado del amor de todos los hombres del barrio), sin olvidarnos del atómico de las cuatro esquinas, ese borrachón recalcitrante y consuetudinario que deambula en cada pueblo de Puerto Rico—, tuvieron que entrar de puntillas, silentes, desde el vestíbulo donde se encontraban, hasta el aposento que estaba antes de la habitación donde se celebraría la sesión y firmar en un registro de invitados que estaba sobre una mesa apolillada que estaba a punto de colapsar. Eso lo hacían para tener constancia de las personas que estarían presentes ante tan sagrado acto espiritual. Tal vez el gobierno, bajo la Ley de la Mordaza —creada en Puerto Rico en el año 1948 y la cual violaba la Primera Enmienda de la Constitución de los Estados Unidos que garantiza la Libertad de Expresión—, la que restringía los derechos de los independentistas y nacionalistas en la isla a asistir a reuniones privadas, obligaba a las iglesias a tener un registro que pudiera ser utilizado por las fuerzas invasoras para identificar a posibles revolucionarios y hacerse cargo de ellos de la manera que fuera más conveniente: ponerlos a comer plomo bajo la metralla americana. Nadie en Puerto Rico podía —ni se atrevía—, a exhibir la bandera puertorriqueña, o la de Lares, cantar canciones patrióticas, hablar de independencia o de la lucha por la liberación de la isla, ni mucho menos cantar los versos revolucionarios del poema *"La Borinqueña"*, de Lola Rodríguez de Tió, Himno Revolucionario de Puerto Rico.

Todo el espectáculo ceremonioso que observamos en el aposento era muy convincente y cabalístico. No era algo que se veía todos los días. Era algo que te embriagaba, que tomaba poder de ti sin que te dieras cuenta y que no te dejaba escapar. En la mesa apolillada, de la cual ya había hablado antes, donde estaba el registro para los invitados firmar, había un pote de cristal para las ofrendas del servicio y una lata con un esparadrapo que tapaba un agujero que estaba en el mismísimo centro lateral de la lata. El esparadrapo tenía una palabra escrita con faltas de ortografía: "livros". La misma se utilizaba para colectar el dinero de la venta de unos libros esotéricos que se encontraban al lado de la libreta de los invitados y que servían de guía principal a todos los espiritólogos durante ritos espiritistas. Los libros que allí se encontraban eran de un tal Allan Kardec —fundador del espiritismo—, un educador francés que estuvo muy interesado en los fenómenos físicos y mentales que eran causados por la intervención del mundo espiritual. Los libros que estaban para la venta eran *"El libro de los espíritus"*, *"El libro de los médiums" y la "Colección de oraciones escogidas"*. Los tres se vendían a veinticinco centavos —una peseta— de dólar. Eran, los primeros dos libros, mini enciclopedias que trataban sobre las cosas del mundo oculto, de los fantasmas, de los espíritus y sobre las actividades paranormales, pero jamás sobre la injusticia social, la pobreza, el dolor, la desolación, el inmenso pesimismo, la agonía deprimente y la miseria por la cual estaba pasando el pueblo de Puerto Rico durante la primera parte del siglo XX y que continuaría más allá del siglo XXI. El libro *"Las profecías de Nostradamus" y* algunos folletines sobre *"La doctrina secreta"* de Madame Blavatsky —una de las fundadoras de la Sociedad Teosófica—, no podían faltar.

También había para la venta velones blancos, de esos que duran 7 días cada encendida, y velas largas blancas regulares, crucifijos y collares blancos, de esos que espantan a los malos espíritus. Igualmente tenían a la venta estampillas y estatuillas de todos los santos católicos —sin tener ningún temor a Jehová, quien los había prevenido sobre tales prácticas paganas en Éxodo 20:4-5 «[4] *No te harás imagen, ni ninguna semejanza de lo que esté arriba en el cielo, ni abajo en la tierra, ni en las aguas debajo de la tierra.* [5] *No te inclinarás a ellas, ni las honrarás; porque yo soy Jehová tu Dios, fuerte, celoso, que visito la maldad de los padres sobre los hijos hasta la tercera y cuarta generación de los que me aborrecen*». Talismanes, amuletos para la buena suerte y folletitos de oraciones a todas las deidades espirituales y libritos de los Salmos. No podían faltar las famosas estampillas, o estatuillas, del arcángel Miguel, del Dr. José Gregorio Hernández —doctor venezolano del siglo XIX, adorado por las muchedumbres y sanador de las multitudes y de los pobres en el mundo espiritual—, de San Lázaro, de San Martín de Porres, de Santa Bárbara y el de la Virgen María; también tenían a la venta el famoso folleto *"La fe en la oración"* y varias botellitas de perfumes —para hacer despojos, y de la buena suerte— de varios colores como los colores de los siropes azucarados de las piraguas. Toda esta exhibición de parafernalia espiritista era un gran popurrí de colorido tropical ante los ojos de aquellas personas que venían por primera vez a una sesión ocultista. Una de las señoras, muy seria la doña, pero que estaba un poco virá', encargada de vender la mercancía al público, no apartaba sus ojos del atómico, quien estaba bien ajuma'o —tambaleándose de aquí para allá—, ya que lo vio tocar, varias veces, las botellitas de perfumes espirituales que allí vendían. Para este pobre hombre —alcohólico empedernido—, no había arca de Noé que pudiera salvarlo de la gran catástrofe que se avecinaba para su amada isla del Cordero. Este pobre diablo —hombre nuevo, taíno ancestral, hombre necesario—, quien fue niño bueno y soñador, que estaba muriendo por dentro —en silencio—, cuyos sueños vio volar de su espíritu, para él todo líquido que tuviera alcohol era bueno para cincelar una buena jumera.

Entretanto, nada se escuchaba de Juan Bobo. Era como si se lo hubiera tragado la tierra esa noche; esa tierra santa y noble que estaba llamada a desaparecer entre la nostalgia, la tristeza, la melancolía, el dolor, la angustia y la desesperanza. El Puerto Rico de Juan Bobo era un pueblo que había nacido para el llanto; al que se le prohibía hablar libremente, el que vivía en una soledad absoluta suicida, sitiada por manos corruptas, demoledoras y asesinas de un imperio que le hacía la guerra a los que no podían defenderse con las mismas armas.

Mientras tanto, en la sesión espiritista vemos que todos llevaban ropas blancas como vírgenes que iban a ser sacrificadas a los dioses ancestrales, y en sus cuellos llevaban colgados rosarios o collares blancos de cuentas. Se dice que las personas que van a los servicios espiritistas deben vestirse de blanco como símbolo de pureza ante los espíritus y deidades de luz que van a presidir el acto solemne, para impedir que cualquier entidad de las tinieblas pueda infiltrarse en el servicio trayendo confusión y oscuridad. Todos en la congregación se sentaban en sillas plegadizas de madera de pichipén, las que estaban colocadas en fila india, todas paralelas a una gran mesa redonda, a la que se le llama "mesa blanca", en donde estaban sentados, alrededor, los dirigentes de la sesión. Todos estaban preparados para comenzar su viaje al mundo astral —siempre teniendo en cuenta de no abrir la caja de Pandora—, al mundo de lo desconocido, al mundo de los espíritus, al mundo prohibido por Dios, pero no sin antes lavarse las manos con agua bendita que había en un gran recipiente en la sala, la cual protegía a la congregación de los malos espíritus.

El médium que presidía la sesión, hombre mulato como la sombra —muy bien esculpido en sangre y piel—, alto como un rascacielos de Nueva York, de pecho como muralla y brazos como barrotes de hierro, posiblemente de Loíza Aldea —dicen que ellos eran los mejores dirigiendo este tipo de labor espiritual, aparte de los de Guayama y de Santurce—, de cabello rizado, labios carnosos y sus ojos como dos cuchillos filosos, diseñados como las almendras, mostraba una paz espiritual y una humanidad increíble. El hombre, con voz gruesa y penetrante y de caminar meditabundo, repleto de energía áurica, lleno de una calma de la que se experimenta en los cementerios, listo para abrir los umbrales de luz, guiaba a la gente a que se relajara y se despojara —a manera de auto exorcismo— de cualquier influencia negativa que pudiera causar algún impedimento a la labor que iban a realizar en nombre de la viuda de Tato, el barbero. Una campanita plateada —de alguna de las islas del Mar Egeo—, agitada por una de las ayudantes del médium mayor, dio comienzo a la sesión y las personas allí sentadas se levantaron de sus sillas y comenzaron a saltar y a contorsionarse como culebras y a hacerse pases de mano alrededor de sus cabezas y de sus cuerpos para limpiar sus auras de toda intoxicación espiritual y tener una armonía energética, con el fin de liberarse de gusanos astrales que puedan estar chupando su energía positiva, muy atentos de no tocarse o tocar a la otra persona que estaba a su lado. Algunos comenzaron a hablar en lenguas ininteligibles y otros a emitir chirridos muy desagradables como si estuvieran prisioneros en algunas catacumbas romanas. Lo que estaba sucediendo era una entrega total del libre albedrío individual a fuerzas desconocidas que saltaban de cuerpo en cuerpo buscando una morada provisional que le permitiera manifestarse en el mundo material. No sabemos si lo que estaba ocurriendo eran despojos de los malos espíritus o si era una ocupación de sus cuerpos materiales, de manera violenta, por entidades dimensionales que no tenían derechos universales de entrar en nuestra realidad tridimensional.

Por otro lado, Juan Bobo se encontraba sentado en uno de los escalones de la iglesia escuchando la sinfonía de los coquíes, mientras aplastaba con sus pies algunas hormigas bravas que intentaban escalar sus zapatos, con intensiones que aún no sabemos, cuando de repente, salta Juan Bobo patas arriba al escuchar el bullicio que salía del interior de la iglesia.

«¡Tremendo embeleco ese que tienen esoh desoldenaos ahí a'entro! ¡Emparece que lah cosah ahí aentro ehtán regueretéá!» dijo Juan Bobo para sí mismo.

Ya se le había olvidado a Juan Bobo la misión que se había propuesto a realizar y se dijo para sus adentros:

«¡Ay, vilgen de la Candelaria! ¡Me se olvidao dil paentro e la inglesia e pidil-le cinco chavoh a mi mai pa'compral la piragua e framgüesa!».

Sin que nadie se diera cuenta, Juan Bobo logró ingresar al aposento donde estaba la mesa apolillada y vio el pote de cristal con algunas monedas en su interior. Como si fuera un regalo del cielo fue a ver cuántas monedas había en el pote de cristal. Debido a que Juan Bobo había recibido una educación moral y religiosa muy especial por parte de su madre, no se atrevió a coger ni un chavo del pote. El pobre de Juan Bobo era tonto pero honesto. Juan Bobo —niño puertorriqueño pobre, sin porvenir—, tal como dicen las lenguas del pueblo, fue un chico muy desdichado que sufrió de muchos traumas psicológicos muy graves luego de ser bombardeado con toda clase de vacunas que eran obligatorias en Puerto

Rico durante los primeros cincuenta y dos años de ocupación americana. Juan Bobo fue inoculado con todas las vacunas habidas y por haber: vacunas contra la difteria, la tos ferina, el tétanos, la tuberculosis, la influenza, la viruela, la rabia, la tifoidea, el cólera, la plaga y la fiebre amarilla. Es como si la ciencia americana hubiera agarrado y utilizado al pobre de Juan Bobo como tubo de ensayo en una isla infausta del Caribe —la nueva isla del doctor Moreau—, para llevar a cabo sus más macabros experimentos aprendidos de los científicos, ingenieros, técnicos y doctores Nazis, incluyendo ex líderes del Partido Nazi que recibieron asilo político en los Estados Unidos bajo el programa secreto llamado "La Operación Paperclip". Bajo una nueva identidad ofrecida a estos asesinos genocidas nazis por el gobierno de Estados Unidos, estas personas obtuvieron trabajos dentro del gobierno americano —en las más secretas áreas—, viviendas gratis, ayuda económica y educación para los hijos, todo pagado con los impuestos de los estadounidenses, esos que pelearon para derrotar al sistema Nazi en toda Europa. Estos asesinos de más de seis millones de judíos durante el holocausto, han vivido entre nosotros de incógnito y siguen haciendo experimentos perversos para reducir la población del planeta. No sabemos si la madre de Juan Bobo recibió algún dinero de uno de esos laboratorios maquiavélicos o de algunas de esas fundaciones nefastas de Estados Unidos que utilizaban a los puertorriqueños como conejillos de Indias para poder realizar sus experimentos malabaristas diabólicos. ¿No es la carta de Pedro Albizu Campos, de 1932, acusando al Dr. Cornelius P. Rhode —"Accusation against Dr. Cornelius P. Rhoads"—, y a otras agencias, evidencia contundente de que Estados Unidos ha intentado exterminar a la población nativa de Puerto Rico desde el comienzo de la nueva colonización? ¿Ha sido Puerto Rico, desde el comienzo, el laboratorio predilecto del águila usurpadora del norte, donde se ha planificado el exterminio de la raza puertorriqueña mediante la inoculación de sujetos, como el caso de Juan Bobo —niño desafortunado de los campos del pitirre—, con virus de enfermedades incurables como el cáncer? ¿Qué otros virus estarán creando para un futuro cercano —esos que se crean en laboratorios infames que están sedientos de sangre inocente—, que serán utilizados como armas de guerra contra los pueblos que reclamen el pan de justicia. Esos que muestren (Gandhi, Martin Luther King, J.R., Malcoml X, Jesucristo, Pedro Albizu Campos, Fred Hampton, Julia de Burgos, Espartaco, Sócrates, Federico García Lorca) una conducta distinta a las normas establecidas por las nuevas normas de la mediocridad creadas por esos que se creen "normales", por esos que crean nuevas leyes mundiales mediante la implantación del terror en las ánimas débiles, suprimiendo cualquier pensamiento de libertad y para acortar la vida de todos aquellos que nacieron para la lucha patriótica, serán eliminados.

Juan Bobo, luego de atisbar el pote de cristal que tenía las monedas adentro, no se atrevió ni a chistar. Más bien, se entusiasmó en gran manera con los gritos, la bulla y el campanilleado que provenían del salón donde se estaba llevando la sesión espiritista. Del interior de la habitación se escuchaba una voz masculina, muy grave, que decía en lengua cristiana y en lenguas extrañas:

—¡Hermanos! Toda aquella persona aquí presente, sea cualquiera que sea su creencia, color o condición social; a todas esas personas que no han podido escuchar la voz de la verdad, unámonos todos bajo un sólo propósito para crear una mente nueva que traerá la hermandad que siempre hemos buscado. Juntemos todas nuestras fuerzas para que los espíritus de los ya idos traigan paz y la sanación de todos los aquí presentes. Trabajando, todos unidos, con amor y hermandad, los malos espíritus no tendrán voz ni voto en esta labor espiritual que aquí hoy hacemos en este bendito lugar y serán todos sacados de la casa de Dios. Sembremos, todos, la buena semilla, compartiendo unos con los otros la buena sabiduría de la paz y del amor. ¡Eh que tu ma na mai ca ta ta su ru la ya ca bia!

Juan Bobo, como buen espía de campo que era—y bien afrenta'o—, se acercó a la puerta que separaba una habitación de la otra y pegó su oreja a ella, como una lapa, para escuchar lo que estaba sucediendo al otro lado del mundo.

Había una gran agitación en la habitación donde estaban congregadas las personas que querían saber adónde Tato, el barbero, había escondido todo el dinero que, según las voces, había ganado en una pelea de gallos —lugar de encierro, de sangre, de violencia y de muerte—, donde su gallo rubio (color rojizo quemado tirando a un color naranjo claro) había picado a la cabeza del ala al gallo cenizo (color gris plomo) contrincante, dándole muerte con un espuelazo en la nuca. La chismorrería pueblerina —no sabemos si es cierto— decía que Tato estaba metido en un chanchullo politiquero bien sucio con unos individuos de mala calaña —de donde ni el médico chino podía sacarlo—, en donde se habían robado más de medio millón de dólares de unos fondos federales que habían asignado a la alcaldía.

Juan Bobo lo estaba escuchando todito, todito...todito. De repente, se escuchó un gran estruendo en la habitación de los congregados. El sumo médium de la actividad dio un salto por los aires, como si hubiera visto al mismísimo diablo —parecía como si le hubiera dado un patatús—, y cayó despatarrado sobre la mesa blanca donde se encontraban sentados las otras mediounidades que lo acompañaban, creando un espantoso estruendo de relámpago en el salón y gran conmoción entre los congregados. La gente, aterrorizada, comenzó a rezar el Padre Nuestro y varias Ave Marías.

Juan Bobo, que era muy astuto y sabio —dentro de su propia condición de bobo—, se acordó de que había un pasaje secreto en la iglesia que lo llevaría, derechito, derechito, hasta una puerta secreta que había detrás de la mesa donde se había estrellado el médium. Corrió rápidamente Juan Bobo a buscar el pasadizo secreto que había en la cocina de la iglesia, el cual lo llevaría hasta la habitación en donde se había escuchado como una explosión a los cuatro vientos; ya todos sabemos lo que allí aconteció. Para Juan Bobo, ese viaje desde el aposento de recibimiento, donde estaba la mesa apolillada con el pote de cristal para las ofrendas, hasta la cocina, era como encaminarse al jurutungo viejo.

Pensó que la cosa iba a ser un mamey, pero no fue así. Al llegar a la cocina vio que nadie había limpiado ni lavado los calderos, ni las ollas, ni la vajilla, ni las bandejas. Juan Bobo, que casi siempre estaba elembao, comenzó a caminar, pasito a pasito, entre el tapón de ollas y platos que había en la cocina hasta que —un poco turuleco el mandulete de tanto revolú que vio en el piso lleno de grasa—, cataplúm... plúm... plúm, resbaló y tropezó con todo y se escocotó en el suelo sin que le diera tiempo protegerse la chola. Todos los trastes, en un canto de sonidos estrambóticos, le cayeron encima al desdichado de Juan Bobo. ¡Tremendo chichón que se le formó en la cabeza al pobre de Juan Bobo! Fue tan estruendoso el suceso de la cocina que hasta el mismo mulato —el médium mayor— que estaba despatarrado encima de la mesa blanca, se disparó de sopetón por los aires, con una cara misteriosa, y cayó de pie frente a la congregación dando chillidos como de mujer que está a punto de parir. La congregación y los otros médiums le acompañaron, al unísono, en una gritería rampante que rompía los tímpanos de las personas. Todos corrían despavoridos por la habitación queriendo salir, inútilmente, por las ventanas y puertas en tan terrible noche fantasmal. Los papeles y lápices que había en la habitación, todos volaron por los aires cuando la gente comenzó a correr aterrorizada.

Estos papeles eran utilizados en las sesiones espiritistas en caso de que alguna persona recibiera algún mensaje del otro mundo mediante escritura automática. Tan pronto se recuperó el caballote del espanto —el médium supremo—, horrorizado al ver tan compleja escena en la habitación, muy esmandao, comenzó a apaciguar a su pueblo de la siguiente manera:

— ¡Hermanos! ¡No tengan miedo! ¡No ha llegado el fin del mundo todavía! ¡Chi ne no su cu un tu nan ra! ¡Es el espíritu de Tato el que ha causado tan grave tumulto! ¡O co to e ma ya sa ca to a ta la ya! ¡Está muy enfogona'o el hermano Tato porque hay alguien en esta congregación que tiene un fufú bien malo encima y no puede concentrarse como Dios manda! ¡Recemos el Padre Nuestro y tres Ave Marías! ¡O ca tai ya u su qui si neia!

Mientras tanto, en la cocina, el pobre de Juan Bobo —inconsciente y maltrecho—, yacía en el suelo —como un Quijote apaleado— que estaba todo lleno de grasa, salsas y embarrado con las sobras de la comida de la gente que había utilizado la iglesia el viernes pasado —ayer—, con todos los platos y ollas cubriendo su delicado cuerpo eñemao, sin que nadie pudiera socorrerlo.

Su cara, toda sucia, llena de grasa, salsas y otras sobras de comida, estaba succionada por el suelo mantecoso. El pobre estaba tendido, tieso como un muerto, solo, tal vez soñando —si es que estaba vivo— con los cinco chavos que necesitaba para comprarse la deseada piragua de frambuesa que se iba a comer hasta lamberse los dedos.

Sin saber lo que había sucedido en la cocina, luego de haber rezado el Padre Nuestro y las Ave Marías, el médium cabecilla del grupo entró en algún tipo de trance esotérico y comenzó a ejecutar movimientos acrobáticos con el cuerpo que casi le dislocan el cuello. También hacía meneos giratorios bruscos y decía proclamaciones en voces extrañas, que no eran las de él, en un idioma ininteligible para las personas que estaban presentes en el rito. Mientras el mulato se encontraba en este trance entre el mundo real y el mundo de los espíritus, la congregación formó un círculo alrededor de él, todos tomados de la mano y caminando alrededor contrario a las agujas del reloj, mientras hacían cánticos en lenguas y golpeaban el suelo con los pies, al mismo tiempo que inhalaban y exhalaban bocanadas de ectoplasma luminoso por boca y nariz de manera violenta y balanceaban los brazos con fuerza. Todo esto lo hacían para crear un círculo de protección alrededor del médium y mantenerlo en ese mundo dimensional en donde la materia se fundía con lo invisible, con lo inexplicable, expulsando a los espíritus malévolos, dando el recibimiento a los espíritus benévolos. Apresuradamente, comenzó a hablar el médium en lenguaje cristiano y en lenguas de los espíritus, de esta manera, mientras que su cuerpo, fuera de control, ejecutaba movimientos involuntarios como si tuviera el baile de sambito:

—¡Hermano Tato! ¡Haced que me haga digno de vuestra benevolencia y que la paz de Dios sea con vosotros! ¡U tu su ru i vi quia va ca va nan za! ¡Porque en su santo nombre hemos confiado para que la verdad siempre reluzca ante la presencia de todos los que busquen respuestas! ¡Le mos fia rra ba ba ba to ban va nuo ca to to na! ¡Seamos vigilantes ante lo que nos quiera decir el Señor a través de la voz de Tato! ¡Sum ba la ca la ca la rra ba ba ba ca la ba ca la! ¡Bienaventurados todos los aquí presentes en el nombre santo de nuestro Dios! ¡Ven hermano Tato y dinos qué te aqueja! ¡Dinos tus secretos y eso que tiene tu bendita y fiel esposa en su corazón que no la deja dormir en las noches, porque solamente se la pasa pensando en ti! ¡U rra ba ba ba da can ra mama ta do do mi pa!

Los de la congregación, dirigidos por las demás mediounidades espirituales, se pusieron a aplaudir y a agitar sus cuerpos con violencia, mientras otros daban manotazos quemantes sobre la mesa blanca, al son de canciones enrevesadas que nadie podía entender. Los más veteranos en este tipo de ritual espiritista hacían pases manuales alrededor de sus cuerpos, a veces, golpeándose sus cabezas con severidad, tal vez tratando de sacar los malos espíritus que controlaban su voluntad humana. De repente, el médium de Loíza entró en un trance psíquico más profundo donde, tal vez, su voluntad humana estaba a punto de perecer ante la invasión de una fuerza extraña del mundo de los muertos o de alguna esfera interdimensional. Era muy difícil racionalizar lo que estaba pasando. Volteó sus ojos hacia atrás, mientras su cuerpo temblaba incontrolablemente, quedando el área blanca a la vista de los congregados, quienes cogieron temor por lo que estaba sucediendo y comenzaron a rezar otro Padre Nuestro y miles de Ave Marías. Todos quedaron estupefactos, incluyendo las mediounidades que ayudaban en el rito, ante el fenómeno imprevisto que sembraba inquietud y temor en el espíritu frágil de todos los presentes.

Por sorpresa, al otro lado de la habitación, Juan Bobo comenzaba a reponerse de la tunda que recibió en la cocina, pero, viendo el estado en que se encontraba, lleno de olores culinarios —medio podridos—, dio todo un discurso, para sus adentros —con gran patriotismo en su alma—, sin que la cofradía del otro salón lo escuchara:

«¡Ay fo coño! ¡Ehto juele feo! ¡Ay coño, que dolol e chola tengo! ¡Ehtoy ehbaratao e tanto gorpe que me han da'o ehtah condená ollah y bandejah! ¡Qué gueno que mi mai no ehtaba por aquí cuando emtropecé con to'a ehta latería y platería! ¡Ajora me voy a tenel que bañal con esa agua fría del río que hay detráh e la casita! ¡Yo que no me ha baña'o dehde jace doh semanah! ¡Eso e bañalse toh loh díah eh cosa e loh americanoh! ¡Son unoh puellllllllcoh! ¡Dicen que vinieron a trael el progreso a Puelto Rico pero lo que jicieron fue robalse la tierra, jacel-le barrigah a la nenah lindah y quitalnoh la libeltah! ¡Esoh me lo dice mi mai que sabe mucho e esoh delincuenteh! ¡No hay máh na' que jacel en ehta ihlita que ehtal sin trabajo y morilse e jambre! ¡Yo quiero, argún día, sel como El Maehtro, ese que siempre jabla cosah bonitah de Puelto Rico e la revolución pa trael la libeltah a to loh pueltorrrriqueñoh!».

Sin saber, Juan Bobo, lo que acontecía en la otra sala, comenzaron a escucharse silbidos de pájaros que emitía el médium supremo cuando, de repente, comenzó a hablar de esta manera:

—¡U rra ba ba ba ba! ¡Qué la paz y el amor sea para todos los que están aquí reunidos en busca de consuelo y sanidad espiritual! ¡O si o de yen te si quia si a ca bia! ¡Si hay aquí, entre los presentes, alguien que no quiera que Tato hable lo que tiene que hablar, que rece un Padre Nuestro y un Ave María para que la luz del divino lo ilumine y le retire de su mente esas ideas erróneas que no lo dejan pensar correctamente! ¡Ra ba ba ba be ro qui ta fo nao mi jer pu pu taaaaa!

La situación perpleja que estaban experimentando las mediounidades que asistían al cabecilla de la reunión no era un guame. El ambiente y el temperamento de la gente se estaba caldeando de manera muy impresionante. Algunos comenzaron a berrear y a mugir hasta perder el aliento. Otros comenzaron a caer al suelo como si tuvieran epilepsia. Parecía como si les faltara el aire o tuvieran un ataque de asma. Los congregados los observaban con gran recelo, en especial la madre de Juan Bobo, la que no se comía esa feca de lo que allí estaba sucediendo. Ella estaba muy preocupada y estaba pensando en las locuras que pudiera estar cometiendo Juan Bobo en la casa por haberlo dejado solo. Uno de los ayudantes del médium golpeaba la mesa blanca con fuerza desmesurada como si estuviera tocando un par de congas, mientras que una mujer de la congregación, de osamenta regia —como que le entró un espíritu o fue montada por uno de esos santos africanos—, danzaba muy sensualmente al ritmo de los sonidos que provenían de la mesa blanca. La mujer, toda histérica, trató de desgarrar su ropaje blanco mientras sudaba la gota gorda cuando danzaba. Todo se volvió una gran algarabía y todos comenzaron a rezar más Padres Nuestros y muchísimas Ave Marías más.

Mientras sucedían estas cosas en el salón del rito espiritista, Juan Bobo, luego de recuperarse de la paliza que recibió en la cocina, comenzó a buscar la puerta secreta que estaba escondida, hasta que pudo dar con ella. Abrió la puerta del túnel secreto y se metió dentro del agujero, todo ñangota'o, pensando en que estaba arranca'o y que necesitaba esos condena'os cinco chavos de su madre para poder comprarse la dichosa piragua de frambuesa que acabaría con el calor espantoso que tenía.

Al son de lo que se tocaba sobre la mesa blanca, la mujer danzarina continuaba con su rutina sensual y otra de las mujeres fue poseída por alguna entidad desconocida y comenzó a hablar en un dialecto africano seguido de lenguaje cristiano y lenguas espirituales, y decía de esta manera, esta mujer, mientras una de las mediounidades echaba en el suelo, encendiéndolo luego, un líquido inflamable de esos que se usan en los encendedores de cigarrillos:

—¡Oh benditoh sean todoh en el nombre de Crihto! ¡Benditoh sean todoh loh que ehtán en ehte bendito lugar! ¡Yei mai chei to ca ta ta ta a la la! ¡Qué reine la paz e María madre e Dioh! ¡Y todoh suh santoh ángeleh la acompañen a donde quiera que vaya repartiendo amor entre su pueblo! ¡A man sa yu toca min si li! ¡Yo ehtoy viendo loh que ehtán bien prepara'oh y lo que ehtán jaciendo materialmente sin tenel-le temol a Dioh! ¡Aquí ehtá presente entre nosotroh la mujer e Tato queriéndose comunicar con su querido ehposo! ¡U rra ba ba ba! ¡Ven aquí hermana! ¡Mira que Tato ehtá pidiendo oración! ¡U rra ba ba ba se ma ya! ¡Mira que Tato ehtá pidiendo oración porque hay pelsonah malah en este mundo que sólo le importa el dinero y lah cosah e la calne! ¡U rra ba ba ba ya ba shia! ¿Quiereh tú hablal algo con tu ehposo? ¿Ereh tú la ehposa e Tato, el barbero, que pide oración e todoh? ¡U rra ba ba ba ba ba!

Responde la viuda llorando como una plañidera: «¡Sí, yo soy! ¡Yo soy!». Mientras tanto, Juan Bobo trataba de llegar a la habitación, por todos esos túneles oscuros que conectaban a otras habitaciones de la iglesia, hasta donde se encontraba su madre. Dicen las malas lenguas, y las que no son tan malas, que el cura —quien era un Juan Tenorio, un macho cabrío lujurioso—, siempre interesado en confesar a las mujeres bonitas del barrio, mandó a excavar la iglesia para crear túneles que conectaran con todas las habitaciones, de manera que él pudiera moverse de un lugar a otro en caso de que fuera atrapado infraganti —con las manos en la masa—, o sea, con alguna chilla... la mujer de algún jibarito que siempre estaba en la brega en el campo, con su pensamiento lleno de alegría, tratando de hacer unos chavitos extras para comprarle un trajecito nuevo a la doña y remediar la situación de miseria en la que vivían en su triste Borinquén.

La mujer que estaba poseída por esta entidad de algún reino espectral que se hacía llamar Tato, seguía hablando de esta manera, en cristiano y en lenguas:

—¡Ven aquí! ¡U rra ba ba ba ba ma ma chan da uí! ¡Dime qué tú quiereh! ¡U rra ba chi qui nena! ¡Yo que me maté trabajando para ti y así me pagah tú! ¡I chi cu tu nie tú! ¡Oh, vilgen de la Caridad del Cobre! ¡On du tu a o aban do man sa co! ¡Tú ehtáh buhcando lo chavoh que me gané en la pelea e galloh!

La viuda del barbero, Tato, se puso colorá como un tomate y negó rotundamente lo que había dicho la mujer que estaba poseída, y le dijo de esta manera, mientras la miraba fijamente a los ojos:

—¡Yo no quiero na'! ¡Yo quiero... yo te quiero a ti na' máh! ¿Pol qué me dejahte tan sola con esoh ocho barrigoncitoh? ¡Yo que te di la vi'a entera! ¡Yo entoavía tengo tu recueldo en mi arma! ¡Tengo un vacío inmenso en mi corazón que no pue'e llenal-lo nandie! ¡Mira cómo alde mi espíritu que quema como fuego! ¡Yo nunca he deja'o de amalte! ¡Tu ausencia eh como una cuchilla afilá que atraviesa mi cuelpo y me quita la vi'a! ¡Yo que te juré obedencia frente al artal!

La mujer que estaba poseída por el espíritu de Tato, o de quien fuera, comenzó a dar saltos de un lado para el otro, como una cabra montañera, y se lanzó al suelo —echando vapores por las orejas— sin hacerse ni un rasguño. La congregación, temerosa, comenzó a reprender al espíritu que estaba dentro de ella —posiblemente el de un orisha lucumí infiltrado— en el nombre de la virgen y de todos los santos católicos. Encendido el espíritu de la mujer en llamas abrasantes —como si hubiera visto al diablo—, con sus ojos como muertos, virados hacia atrás, y con una interminable baba que le salía por la boca, embarrándose toda la cara, le tuvo una respuesta muy directa a la viuda de Tato:

—¡O que te man to do tu ti ma a la laia naia! ¡Tú ereh una mujel mala, embelequera, embuhtera y zarrapahtrosa! ¡U eh na be ra bu ra to ca ta ta a la la!

La mujer de Tato, digo, la viuda de Tato, desorientada, llena de dudas, casi agonizando de dolor en el alma, se tira al suelo, como una Magdalena, a derramar lágrimas de cocodrilo, mientras que Juan Bobo casi llegaba a la puerta secreta que estaba en la habitación donde se llevaba la sesión espiritista.

—¡Tú ereh una perra que te pasabah metiendo mano con el cura sátrapa ese! —continuaba el ataque de la mujer poseída por el espíritu de Tato.— ¡Tú me pegahte cuelnoh siete veceh con ese dehgracia'o! ¡Niégalo, mal pari'a! ¡Tu su ru te si aca man que na bu ra mai ca ta ta ta! ¡Solamente el primer barrigoncito eh mío! ¡Tú ni siquiera sabeh lo que eh amol!

¡Para qué fue aquel bochinche! Los pelos de los allí presentes —las solteronas, las viejas chismosas, el boticario, el alcalde, el maestro, la madre de Juan Bobo, el cuero del pueblo y el atómico de las esquinas— se encresparon como si hubieran recibido una descarga eléctrica de algún rayo del Olimpo que hubiera tocado la Tierra.

—¡No, no, no! ¡Yo nunca te he engaña'o! —suplicaba la mujer de Tato mientras abrazaba el suelo tal como acostumbraba a abrazar al cura.

—¡To's los viernes santoh, dehpuéh e la misa, te metíah en uno de esoh cualtoh con el cura, y que pa' confesalte en lo máh íntimo! ¡Hahta el ñame! ¡Sa ca ta ma yaeh ti naia na be rra! —así seguía el ataque de la mujer poseída contra la mujer de Tato.

El semblante de la viudita empalideció, su cuerpo comenzó a temblar y sus pulmones estaban tan apretujados que parecía que le iba a dar un patatús cuando, de repente, tuvo que soltar un grito desgarrador —para librarse de la dolorosa presión que le comprimía el corazón— que rajó el jarro de cristal que contenía el agua bendita. Aparentemente una de esas potestades, principados o gobernantes celestiales, o infernales, alguna de esas entidades gobernada por sentimientos de culpabilidad, se le metió por dentro a la viudita y quería martillarle el alma con dolor, con pena, con culpa, pero en ningún momento con arrepentimiento. Sentía su pecho lacerado por tanta angustia, pero jamás se arrepintió por lo que había hecho.

La mujer de Tato disfrutó hasta el último momento que estuvo con el bendito cura —era una aventura auténtica—, pues éste la llenaba de una ilusión que no podía satisfacer Tato. La ilusión de mejorar su situación económica —el curita le daba unos chavitos de la congregación para que se comprara ese vestidito que ella siempre quiso—, de pasearse por la ciudad como las sexagenarias ufanas que se la pasaban en la Casa de España, en el Viejo San Juan, repletas de oro, plata y otras joyas —esas que nacieron con su sello de clase noble—, bochinchando de cosas triviales con sus comadres capitalinas. Ocho años en donde el tiempo nunca terminaba, en donde todo era una nueva andadura libre de amarguras y ataduras, en donde ella se sentía bella... se sentía joven... se sentía mujer. La esposa de Tato ya no quería seguir llorando sola en la casa, abandonada, pensando en el hambre que tenían sus hijos, en el trabajo que desempeñaba su marido, que no le daba ni para comer, en la situación tan precaria que padecía Puerto Rico... tierra que una vez llamara José Gautier

Benítez *"la perla de los mares"*, tierra que nunca podrá ver la liberación soñada por Juan Antonio Corretjer —levantamientos campesinos armados contra la cruel opresión de la clase latifundista—, porque ya no hay manos que amen el campo, que trabajen la tierra y que amasen la patria.

Juan Bobo, mientras tanto, llegó hasta donde estaba la puerta secreta que se encontraba en la habitación donde se celebraba la reunión espiritista y comenzó a golpear la puerta a ver si alguien lo escuchaba, pero con tanta algarabía y griterío que había detrás de la puerta, nadie escuchó los golpes que Juan Bobo daba tratando de tumbar la puerta.

Todos en la congregación estaban estupefactos y preocupados con lo que estaba sucediendo en la habitación y con el estado psicológico y espiritual en el que se encontraba la mujer de Tato, el barbero, tendida en el piso. Todos, al unísono, comenzaron a colocar sus manos y medallas masónicas sobre el cuerpo de la viuda de Tato —que estaba tirada en el suelo—, y a rezar Padres Nuestros y Ave Marías con el propósito de alejar cualquier encarnación malévola que estuviera poseyendo a la infeliz mujer. Muchos de ellos elevaron sus voces al cielo en lenguas extrañas, mientras otros golpeaban el piso con sus zapatos. La mujer que reprendía a la mujer de Tato —la que también estaba poseída—, diciéndole dos o tres verdades sin pelos en la lengua a la viudita, comenzó a sofocarse —subiéndole la presión arterial y los latidos del corazón— cuando, de repente, el gallo pinto comenzó a deleitar a todo el mundo con su famoso y muy conocido quiquiriquí campesino, confundiéndose su cantar con los golpes, más violentos, que estaba propinando Juan Bobo contra la puerta secreta. La mujer poseída, todavía rabiando por dentro, consumiéndose en el fuego tormentoso de su ira, comenzó a amonestar a la mujer de Tato nuevamente, de esta manera:

—¡Tú! ¡Tú me traicionahte! ¡Yo que alimenté a esoh siete barrigoncitoh bahtardoh der cura y así eh que tú me pagah, ingrata mujel! ¡U rra ba ba ba ma ma da di uí pa jel! ¡Aquí no te voy a dar pah! ¡Pol loh sigloh immoltaleh de esoh cielos benditoh que vieron lo que tú me jicihte, no te doy pah! ¡Ra pa pa pa mu di ta cio ra me a gal! ¡A ti no te doy na'! ¡Ni un chavo vah a vel! ¡O que te eh be ra va ca co to to to ca ta rra ba ba ba ma na! ¡Y ustedeh, parti'a e degraciaoh, no me dijeron na' e mi mujel, que ehtaba ehtrujandose con el curita ese! ¡Y ustedeh, loh machoh der pueblo, parti'a e cuernúh, jiban a la balbería a jablar baberia pa' vel dónde yo tenía el dinero escondi'o! ¡Nandie va sabel dónde yo ehcondí loh chavoh!

En ese instante, todos, temblando del espanto, y temiendo por sus espíritus, comenzaron a rezar el Padre Nuestro y el Ave María de esta manera:

«Padre nuestro que estás en los cielos,
Santificado sea tu nombre. Venga tu reino.
Hágase tu voluntad, Como en el cielo, así
también en la Tierra. El pan nuestro de cada día,
dánoslo hoy. Y perdónanos nuestras deudas,
Como también nosotros perdonamos a nuestros
deudores. Y no nos dejes caer en tentación,
y líbranos de todo mal, Amén.

Dios te salve María
llena eres de gracia
el Señor es contigo;
bendita tú eres
entre todas las mujeres,
y bendito es el fruto
de tu vientre, Jesús.

Santa María, Madre de Dios,
ruega por nosotros, pecadores,
ahora y en la ahora
de nuestra muerte. Amén».

Mientras así rezaba la congregación, perseverantemente, como si estuvieran en un monasterio, una de las mediounidades que asistía al médium principal —éste, que estaba perplejo con lo que estaba sucediendo en la sala, ya ni chistaba— le hacía unos pases sobre el cuerpo de la viuda de Tato con un papel encendido a fuego candente, el cual tenía algo escrito, en tanto que otra de las asistentes la rociaba con agua florida, ya que el agua bendita se había perdido cuando se rajó la jarra de cristal. Otras dos ayudantes sujetaban su cuerpo para que no se hiciera ningún daño, mientras la congregación seguía rezando el Padre Nuestro y el Ave María, a la vez que una humareda de incienso se elevaba, místicamente, hasta el techo de la habitación, reclamando todo el ambiente. Todo esto lo hacían para traer paz, luz, descanso y purificación al espíritu turbado de la mujer de Tato, eliminando todas las transgresiones que ella pudo haber cometido en su vida en el pasado.

Cuando los ánimos se iban calmando, e iba concluyendo la reunión espiritual, una de las ayudantes del médium cacique de la velada hermética, comenzó a empaparse las manos con el agua bendita que se había derramado en el piso y empezó a rociar a la gente con el agua sucia cuando, de repente, Juan Bobo, utilizando todas sus fuerzas hercúleas, logró empujar la puerta secreta que había en la habitación, tumbando la mesa blanca de las mediounidades, la cual golpeó al médium de Loíza en la cabeza.

El trastazo que recibió en la chola este hombracho hizo que el pobre médium cayera al suelo en el acto. El pobre de Juan Bobo, del susto, saltó y cayó en el mismísimo centro de la habitación y no movió ni un pelo. Cuando las personas de la congregación, que se estaban persignando y lavándose de los espíritus con el agua bendita del suelo, se enfrentaron a tan horripilante y sangriento espectáculo, todos se quedaron mirando fijamente al zombi que había aparecido en el centro de la habitación —como si el mismo demonio se hubiera presentado directamente de uno de los infiernos luciferinos— con el cuerpo lleno de manteca quemada, salsa de tomate, fideos de pasta italiana y el pelo lleno de trozos de chuleta que parecía como si el cráneo hubiera sido partido en varios pedazos por un machete, y carne molida saliendo por los dos lados de la boca.

Nadie dijo ni "ji". Todos quedaron frisados en el tiempo. No se oía ni una mosca en la habitación, pues todas ellas, que estaban degustando grandes manjares apetitosos en el estiércol de los animales del campo , comenzaban a elevar sus sentidos olfativos a la enésima potencia antes de comenzar a aletear sus alas, con gran poder, las cuales emprenderían curso a una nueva aventura en las altas esferas culinarias en donde el plato principal era Juan Bobo. Muy audaces en su nueva aventura gastronómica, se encaminaron, de manera zigzagueante, hacia el lugar de donde provenía el olor a comida, o sea, Juan Bobo.

Debido a la paliza que le metieron los calderos, las ollas, las bandejas y los platos al desdichado de Juan Bobo, éste quedó maltrecho y malherido y se sentía bastante dolido, peor de lo que se sintió Don Quijote cuando fue apedreado por los galeotes a los que él había ayudado. El pobre de Juan Bobo mostraba una mueca temblorosa muy notable que delataba el tormento al cual había sido sometido por el destino o por las acciones hechiceras turbulentas de unas personas que ignoraban la ley de Dios y que, jugando con el fuego abrazador de los siete cielos, se enfrascaron en actividades paganas —condenadas por Dios— provocando su ira. De repente, Juan Bobo comenzó a arrastrar su cuerpo escuálido hacia el frente —como si tuviera una pierna fracturada—, hacia donde estaba paralizada la congregación, dejando caer gotas de salsa y partículas de comida al suelo. Mostraba sus dientes cariados y amarillentos, mientras emitía gruñidos, aullidos leves, chillidos de cerdo y otros sonidos guturales, a la vez que movía, como marioneta, su mandíbula inferior perceptiblemente. Repentinamente una voz, medio chueca y macabra, la que apestaba a vomito y salía del espectro, quien tenía su mirada clavada en su madre, dijo de esta manera a la vez que emitía sonidos extraños de dolor:

—¡RAAAAAAUUGGGHHHHH! ¡Mai! ¡BLEEEEEE-AAAAGGGGHHHAAAAAHH! ¿Tieneeeeh cin-coooo chavooooh pa' compraaaal piraaguaaaaa? ¡GRRRRHHHAAARRAHAAA!

El silencio que se apoderó del salón era sacramental. La fragancia nauseabunda que acompañó a Juan Bobo a la habitación, quien despedía desechos por boca y nariz, se infiltró a través de los poros de los allí presentes y por todas las cavidades anatómicas que tenían sus cuerpos. Los latidos del corazón de la gente marcaban los nanosegundos de angustia y locura que estaban experimentando todos ellos en ese momento tan tétrico para sus vidas. Todo lo que allí acontecía indicaba un augurio de desdicha que se avecinaba a las vidas de las personas que estaban presentes durante la sesión espiritista. Cuando todos volvieron a sus sentidos y vieron que todavía la triste figura del esperpento estaba ante ellos, lanzaron el grito a los siete cielos y salieron corriendo para todos lados, derribándose unos a otros, cruzando sobre los cuerpos tumbados, saltando sobre las sillas y la mesa blanca. El médium cabecilla de la reunión se lanzó por una de las ventanas de la habitación, abriéndose la frente con el aluminio de una persiana afilada, mientras algunas personas derribaron la puerta de entrada al salón, cortando sus carnes con las astillas que saltaron de la madera lacerada por los puños y patadas que le propinaron al madero. Otros, se lanzaron dentro del túnel por donde había salido Juan Bobo, flagelándose las carnes y partiéndose una que otra pierna o brazo. Ni la misma madre de Juan Bobo, quien lo amaba tanto desde el día de su nacimiento, pudo reconocer a su hijo, la cual salió corriendo, ilesa, por la puerta principal de la iglesia.

El pobre de Juan Bobo se quedó tieso como un roble al ver la tempestad que se creó en la habitación cuando él salió por la puerta secreta y le pidió a su madre los cinco chavos que necesitaba para comprarse su piragua de frambuesa. En ese momento se dio cuenta Juan Bobo de lo mal que estaban las cosas en Puerto Rico. ¡Imagínese usted lo que puede hacer una persona en Puerto Rico por cinco chavos! No entendió Juan Bobo cuán valiosos serían esos cinco chavos para su madre, la cual salió corriendo de la iglesia porque, tal vez, no se atrevía a decirle a Juan Bobo que, o no tenía los cinco chavos, o no se los iba a dar. De lo que se acordó Juan Bobo fue de esas cosas bonitas de las que hablaba El Maestro, quien predicaba por el bienestar de los obreros y los derechos de los campesinos como él, a una mejor vida libre de burócratas, de burguesía y de terratenientes que han estado confabulados con el imperialismo yanqui, manteniendo a la plebe bajo el yugo capitalista y feudal, arrebatando a los pobres su derecho a vivir como hombres y robándoles hasta los últimos cinco chavos que pudieran tener en el bolsillo. ¡Cinco chavos para una familia de ocho: padre, madre y seis barrigoncitos! ¡Un vellón! Una palabra que dijo El Maestro se le quedó grabada a Juan Bobo en el pensamiento: "Revolución", cuando escuchó una vez en la radio que aviones militares habían bombardeado los pueblos de Jayuya y Utuado a finales del mes de octubre, allá en el año 1950. La noticia fue primera plana en el periódico "El Imparcial" del 1 de noviembre de 1950, el que costaba cinco chavos. Ese mismo día en que se informa sobre la tragedia de Jayuya y Utuado en el periódico "El Imparcial", dos puertorriqueños valerosos, con cojones, intentaron asesinar al Presidente de los Estados Unidos, H.S. Truman, en propio suelo norteamericano —ese que ordenó el uso de armas nucleares contra las ciudades de Nagasaki e Hiroshima, en Japón, las que asesinaron a cientos de miles de personas, mayormente civiles (niños, mujeres y viejos) —, en su casa presidencial, la Casa Blair. Eso sí, Juan Bobo no sabía nada de esas cosas que hablaban de socialismo, comunismo, marxismo, leninismo y de la Unión Soviética. Esas palabras eran palabras extraterrestres para Juan Bobo. La palabra "Soviética" sonaba como a sobaco para Juan Bobo.

Juan Bobo se vio solo en la habitación de la reunión espiritista —la cual estaba destrozada—, que estaba contigua al aposento de recibimiento, que estaba próxima a la salida de la iglesia. Con las moscas encima —degustando el magnífico manjar criollo, Juan Bobo—, con mucho valor y espíritu bravío, al contemplarse tan solo en tan macabra escena, comenzó a arrastrar su cuerpo raquítico hacia el frente, dando comienzo a una nueva y audaz aventura: salir de la iglesia por la puerta de entrada, sin hacer desvíos innecesarios a través del túnel secreto por donde se escapaba el cura con las chillas, o hacer paradas vanas en la cocina. El pobre de Juan Bobo seguía emitiendo sonidos guturales por el dolor que sentía de la embestida de los trastes de la cocina, mientras se encaminaba hacia la puerta que le daría la libertad:

—¡RAAAAUGGHHH! ¡BLEEEAAGGGHHAAAHH! ¡GRRRHHAAAHHAAHHAAA!

Estando cerca de la puerta principal de la iglesia, Juan Bobo tomó un leve descanso a muy corta distancia de la salida del santo lugar. ¿Conseguiría la liberación deseada? ¿Iría nuevamente a su casa amada? ¿Volvería a bañarse en el río? ¿Contemplaría, en las mañanas, los combates épicos del pitirre contra el guaraguao? Por un instante, miró hacia afuera Juan Bobo, donde estaba la gente arremolinada llena de espanto y horror, murmurando en voz baja. Algunos estaban arrodillados frente a la iglesia, rezando a los siete cielos, mientras otros, hombres robustos y bravucones, amolando sus machetes, estaban listos a irrumpir en la iglesia y cortarle la cabeza al pobre de Juan Bobo, a quien no reconocían. Nadie sabía lo que estaba pasando. Algunos se preguntaban: «¿Habría comenzado la revolución comunista en Puerto Rico? ¿Sería el esperpento una súper arma secreta del enemigo leninista que lograría aniquilar al opresor imperialista y hacerlo huir de la tierra borincana?». Otros pensaron que había llegado el fin del mundo y que los muertos estaban saliendo de sus tumbas para comerse a los pecadores. Juan Bobo no decía ni pío. El pobre de Juan Bobo no sabía que sus ropas estaban desgarradas, sucias, llenas de sobras de comida; que sus zapatos estaban llenos de manteca, que su pelo despeinado era una pelota de grasa repleto de pedazos de chuleta que colgaban como globos invertidos tratando de filtrarse a través de las sienes. El desdichado de Juan Bobo parecía un ánima en pena que estaba a punto de zarpar hacia un destino desconocido.

Juan Bobo no se atrevía a dar un paso más hacia adelante. Se sintió solo, desamparado. Le hubiera gustado escuchar el cantar del coquí, pero sus oídos estaban taponados con trozos de chuleta, grasa y carne molida. Cuando vio a esos hombres blandiendo esos machetes leales, como tejiendo una sangrienta gloria, se percató de que algo no andaba bien. Todas las miradas de la gente eran puñales que atravesaban su noble y santa alma. ¿Es que había llegado ese momento tan esperado por El Maestro, en donde las clases trabajadoras, junto al campesinado y a los cadetes de la República, unirían sus fuerzas patrióticas para eliminar, por medio de una guerra revolucionaria nacional armada, el veneno de las clases dominantes yanquis que se enriquecen con la agresión contra los más débiles —monstruo de aniquilación entre seres humanos—, depurándolos de todo tipo de inmundicias que corroen la esencia viril pura del pueblo puertorriqueño?

Corta ya era la distancia entre Juan Bobo y la puerta de salida. Ya no le preocupaban los percances sufridos debido a la carencia de los cinco chavos que le traerían felicidad a su vida aunque fuera por, tan solo, cinco minutos de su existencia, tiempo que se tardaba en engullir una piragua de frambuesa. Muy guapo y decidido ante la nueva hazaña quijotesca que le traería victoria o derrota, Juan Bobo —muerto de hambre—, estaba preparado a enfrentarse en tan singular combate contra esos macheteros de la plaza que lo acechaban y venían contra él sin ningún motivo. Sin miedo, se abalanzaría contra esos iracundos disparatados de la plaza, no como Don Quijote contra los molinos de viento sino como el Cid Campeador contra los moros que acosaban a toda España, embistiéndolos a todos como el toro que no brama.

A todo trote, muy bien preparado —corazón en alto—, con su mirada sobria, dirigida a los mentecatos que buscaban derribarlo, y con todas sus fuerzas rebeldes de buen jíbaro borincano, pobre y sencillo —con pasos seguros—, se disponía a cruzar el umbral de la puerta de la iglesia y hacerles frente a esos filos niquelados que eran blandidos por esos hombres campesinos, robustos y bravucones; filos que deberían ser usados contra aquellos que han sembrado el plomo imperialista —la Masacre de Ponce, la Masacre de Río Piedras— en los corazones de aquellos héroes que cayeron como mártires por tener ansias de libertad como la que tuvieron George Washington y los otros Padres Fundadores de la nación estadounidense.

Cuando Juan Bobo se vio cruzando el umbral de la puerta, comenzó a empujar su cuerpo esmirriado hacia el frente a toda velocidad —pasito a pasito, como si tuviera una pierna lesionada—, mientras dejaba caer gotas de salsa de tomate y más partículas de comida que tenía incrustadas en la ropa, al suelo. Seguía exhibiendo sus dientes cariados y amarillentos, mientras proseguía emitiendo gruñidos, chillidos de cerdo y otros sonidos guturales —haciendo patente su dolor por los machucones— a la vez que intentaba bajar el primer escalón de la escalinata de la iglesia:

— ¡RAAAUUGGGHHH! ¡BLEEEAAAGGHHAAHH! ¡RRRHHAAHHHAAAHRHAHHAAA!

La gente del pueblo, horrorizada por el espectáculo apocalíptico que estaban presenciando —creyendo que estaban en el tiempo de las tribulaciones—, pensando que la esperpéntica criatura diabólica iba a devorar sus entrañas y cerebros, comenzaron a correr para todos lados, tratando de escapar de la muerte, mientras que los campesinos robustos y bravucones, con machetes en mano, quedaron petrificados —del miedo— frente a los escalones de la iglesia, como si hubieran vuelto su mirada a Sodoma y Gomorra.

—¡AAAAAUUGGGHHHHH! ¡BLEEEEEEAAAAGGGGHHAAAAAHH! ¡GRRRRHHHAAAAAAHHHAAAHRHAHHHHAAAA! —Juan Bobo, con más insistencia, seguía quejándose de los dolores.

Juan Bobo, sin correr hacia el segundo escalón, con sus zapatos de segunda mano agujereados en tres lugares estratégicos —por los cuales su madre su madre pagó dos chavos—, todos llenos de manteca resbalosa, al levantar su pie derecho para colocarlo en el siguiente escalón, resbaló en su pie izquierdo y voló por los aires, muy, muy alto... más alto que la cúpula de la iglesia, y vio todo el firmamento, como queriendo irse al cielo y, aleteando sus brazos, rumbo a un aterrizaje incierto, logró escupir un alarido desgarrador como un relámpago que todos en el pueblo pudieron entender:

—¡Maaaaaaaaaaiiiiiiiiiiiiiiiiiii!

A lo que respondió su madre —con el pecho herido del dolor—, con un grito que atravesaba hasta el más duro corazón de aquellos que niegan la existencia de Dios, corriendo hacia el lugar adonde caería Juan Bobo todo despedazado... muerto... inmolado:

—¡Juan Boboooooooooooooooooooooooooooo!

Una mujer —la esposa del sepulturero—, cargada de sentimientos y con rostro ceremonioso —pensando en cuánto podrían cobrarle a la madre de Juan Bobo por el ataúd y los servicios fúnebres, y la ñapa para las plañideras—, expresó a altas voces lo que su corazón le decía:

—¡Morirse tan joven! ¡No había necesidad de tan cruel tragedia! ¡El pobrecito que no conoció pecado! ¡Su santo espíritu debe estar preparándose para ascender al cielo para ser recibido por la Virgen María, Madre de Dios!

Será recordado, Juan Bobo, siempre campesino, siempre jíbaro puertorriqueño, siempre montaña, siempre río, siempre caña, siempre caño, siempre cafetal, siempre palmeras, siempre yerba mojada, siempre amapola, siempre quenepa; siempre ¡Ay lo le lo lá!, siempre ¡Ay bendito!, siempre pitirre, siempre ruiseñor, siempre coquí, siempre cucubano; siempre hamaca, siempre canoa, siempre piragua de frambuesa, siempre taíno, siempre Agüeybana II, siempre español, siempre Alonso Quijano y Rodrigo Díaz de Vivar, siempre africano, siempre pasa y grifería, siempre mandinga y gandinga, siempre burundanga; siempre poesía, siempre patriota, siempre machete, siempre fusil, siempre revolución, siempre Lares, siempre gloria, siempre destino, siempre victoria, siempre isla, siempre Puerto Rico, siempre antiimperialista, siempre República, siempre libre, siempre Juan Bobo.

El rapto de Juan Bobo y su viaje al futuro

Cuando todo el pueblo dirigía sus ojos hacia el cielo —paralizados como estatuas—, calculando el aterrizaje de Juan Bobo en la tierra, se escuchó un quiquiriquí, muy insistente, del gallo pinto que ya había cantado, mientras las montañas se alborotaban con el cloquear de las gallinas que estaban un poco inquietas. Era como si el alboroto de las aves estuviera presagiando la muerte de Juan Bobo o de algo mucho más insólito. La madre de Juan Bobo no quería ver el triste destino de su desafortunado hijo. Era como si la vida se estuviera burlando de ella y de su pueblo adolorido, habiendo volteado a la otra cara de la moneda.

—¡Señor! ¿Qué he hecho yo para merecer tan fatal castigo para mi hijo? ¡Quítame este martirio, llévame a mí y salva a mi Juan Bobo y su alma santa! ¡Mira, Señor, cómo mi corazón oscurece! Dime, Señor, ¿acaso no basta, no basta mi vida para salvar la de mi crio? —así clamaba la madre de Juan Bobo a Dios mientras sollozaba, hacia adentro y hacia afuera, en su triste noche negra, noche en que Dios se apartará de todos nosotros por un momento dado de la vida para recordarnos que él es Dios, por la cual tiene que pasar todo ser humano en esta tierra.

Había volado tan alto Juan Bobo cuando resbaló, que se escondió entre la niebla nocturna que cubría el pueblo, mientras aleteaba sus brazos, con todas sus fuerzas, como si fueran las alas de Ícaro que se estaban derritiendo. Lo único que podía recordar su madre fue el último grito escupido por Juan Bobo, «¡Maaaaaaaaaaiiiiiiiiiiiiiiiiiiii!». Desde ese momento sintió un escalofrió que le subía desde las puntas de los dedos de sus pies hasta el último pelo de su cabeza —como si estuviera siendo poseída por algún demonio que escapó de algún culto idolátrico—, seguido de un calor ferviente que le asaba la frente. Su presión arterial sufrió un flujo y reflujo en cuestión de segundos. Su rostro empalideció cuando racionalizó que Juan Bobo, todavía en el aire, con su aleteo acrobático, no acababa de caer a la tierra. Parecía como que ella iba a perder el sentido cuando, de repente, se escuchó la voz de Juan Bobo que gritaba desde los aires, mientras contemplaba el paisaje del pueblecito desde las alturas, en especial, el carrito de las piraguas con los colores del arcoíris:

—¡Maaaaaaaaaaaaaaaaaaiiiiiiiiiiiiiiiiiiiiiiiiiiiiiiiii!

No escuchó la madre de Juan Bobo el nuevo grito que venía como del cielo. De hecho, ninguna de las personas que aguardaban en la plaza la muerte de Juan Bobo, se percataron del grito del chamaco. Era como si la neblina estuviera bloqueando el grito de Juan Bobo con alguna barrera de sonido de manera que nadie pudiera escucharlo. ¿No lo reconocerán en el pueblo? ¿Se habrán olvidado de quién era? La madre de Juan Bobo, que era toda claror en plena juventud, no concebía la idea de quedarse huérfana de hijo. Me imagino que sería muy frustrante para Juan Bobo no poder entablar conversación con su madre desde las alturas. ¿Quién sabe lo que estaría pensando Juan Bobo sobre su madre que no venía a rescatarlo? ¿Pensaría que ella ya no lo quería por ser tan bobo? ¿Qué tal vez ella ya no quería acariciarle la cabecita luego de meterle esos cocotazos brutales por ser tan imprudente y bruto? Para ella, todo era una triste pesadilla mal intencionada la que estaba viviendo, ahogándose en sus propias lágrimas. Parecía que la madre de Juan Bobo había envejecido diez años —más que su cara—, hasta los tuétanos, por el sufrimiento tan grande de saber que a su hijo le quedarían unos minutos o unos cuantos segundos de vida. Comenzaba a sentirse terriblemente sola, sin marido, sin Juan Bobo, sin patria, sin destino. Sus pensamientos se convirtieron en sombras y su corazón fue taladrado con punzones — ¡punza que te punza!— de agonía. Todo, para ella, era un cuento que no merecía tener un final triste, en donde los personajes todavía tenían que rendirle cuentas a su creador. Parece que todo este rollo existencial era un rompecabezas mal diseñado en donde cada pieza estaba mal formada, el cual tenía que seguir un destino ya pre escrito por un autor —listo para morder su papel con las teclas de su maquinilla Underwood— que se deleitaba en controlar, al azar, las vidas de sus personajes, de los países y de los pueblos como si fuera otro falso Dios del Olimpo. Después de haber nadado por las aguas negras de la vida, ni un milagro se asomaba por el pueblo que pudiera salvar a Juan Bobo. Todo era absurdo para la madre de Juan Bobo. Se sentía traicionada por no poder crear su propio designio vivencial. ¿Para qué servía el universo, entonces, si no existía el libre albedrío en esta historia que, más que un sueño, era una pesadilla? ¿Se casaría la madre de Juan Bobo y tendría otro hijo parecido a Juan Bobo que pudiera sustituirle? ¿Abandonaría su patria amada y se iría en busca de una nueva vida, allá en el Bronx, donde conocería el otro lado de la moneda sobre la realidad nacional puertorriqueña en el mismo ombligo del pulpo invasor de su tierra borincana, grabando, así, en su mente noble, la verdadera cara del opresor (el amo yanqui) y la cara del oprimido (el esclavo borinqueño)? ¡El Bronx! Donde la vida se le hace menos fácil a los puertorriqueños que viven una existencia marginada rampante, en un estado de dependencia letárgica que crea las condiciones ideales para una conducta delictiva y criminal. Donde se produce una especie de silencio en los corazones de los puertorriqueños debido a que viven bajo una nueva economía de subsistencia —peor que la que vivieron bajo la economía española anterior a 1898— en la tierra de los explotadores, esos que explotaron, despiadadamente, a principios del siglo XX, al campesinado nativo, sus antepasados, en su propia tierra borinqueña.

El quiquiriquí del gallo pinto ya no era el único que se escuchaba en la serranía. Ahora, todos los gallos del campo se unieron, armoniosamente, al cántico extraño del gallo pinto que era el más macho de todos los gallos. Los demás animales del campo se unieron a los gallos, a las ranas, a las gallinas y a los coquíes en tan extraña opereta campesina boricua: el burro con su "hiaaa-hiaaa", el caballo con su "ñeeee-hiiii", los lechones con su "oinc-oinc", las cotorras con su "trua-trua", los gatitos con su "miau-miau", los grillos con su "cri-cri-cri", la lechuza con su "huu-huu", la oveja con su "beeee", los patos con su "cua-cua-cua", los perros con su "guau-guau", los pollitos con su "pío-pío", y las vacas con su "muuuuu".

El ambiente, espesamente verde en las montañas de Puerto Rico, comenzó a volverse un poco misterioso. Una llovizna repentina refrescó el rostro de la gente que estaba en la plaza esperando el aterrizaje de Juan Bobo, mientras que a otros les lavó sus carnes ensangrentadas de las heridas que recibieron al escapar de la iglesia. El médium cacique de la sesión espiritista se encontraba oculto entre unos matorrales, camuflajeando su jactancia detrás de dos zafacones que estaban tumbados sobre la maleza detrás de la iglesia, mientras que el borrachito salió ileso de la iglesia —con los ojos un poco desorbitados—, el cual se dirigió a su acostumbrando banquito de cemento —con algunas de las botellitas de perfumes de colores— que estaba custodiado por uno de esos robles vetustos que rodeaban la placita, a echarse otra siesta debido a una somnolencia atroz que llevaba encima, esa que agarró durante el rito espiritista cuando la congregación comenzaba a rezar el Padre Nuestro y el Ave María.

Mientras el gentío miraba hacia arriba, buscando a Juan Bobo entre la neblina, comenzaron a ver muchas luces de colores que iluminaban todo el techo celeste. Parecía que el cielo estaba relampagueando sin los estallidos de los truenos. Un vendaval sin lluvia se formó entre la niebla que ocultaba a Juan Bobo. La niebla comenzó a desvanecerse, dejando a Juan Bobo —quien seguía aleteando sus brazos como un cuervo— al descubierto, a la vista de todo el pueblo, incluyendo a su madre que, arrodillada y llorosa, comenzó a dar gracias al cielo:

—¡Virgencita milagrosa que cumples todo lo que prometes! ¡Gracias, virgencita, por traerme a Juan Bobo! ¡A mi Juanchito!

Juan Bobo volvió a lanzar un grito esperanzador desde el aire llamando a su madre:

—¡Maaaaaaaaaaaaaaaaaaaiiiiiiiiiiiiiiiiiiiiiiiiiiiiiiiiiii!

La gente en la plaza comenzó a dar gracias a Dios por el milagro que acababa de suceder y muchos comenzaron a rezar el Padre Nuestro y el Ave María. Los tres hombres que amenazaban al zombi con los machetes, y que estaban petrificados, volvieron a recuperar su espíritu, tiraron los machetes al suelo y cayeron arrodillados en uno de los escalones añosos de la iglesia, llorando como Magdalenas y gritando al cielo de esta manera:

—¿Pol qué, señor? ¿Pol qué?

Las luces del cielo despertaron la curiosidad, incluso el terror, en todo el pueblo, mientras que el cuerpo de Juan Bobo, todavía flotando, parecía como si estuviera en una burbuja que volaba por los aires. Una de las viejas bochincheras, con su rostro iluminado por uno de los faroles de la plaza —con un aura que mostraba paz y arrepentimiento—, señalando con el dedo índice de su mano derecha a Juan Bobo, dijo:

—¡Un ángel! ¡Juan Bobo es un ángel! ¡Mi niño es un ángel!

Muchas personas se quedaron boquiabiertas y cogieron pánico. Pensaron que la aparición de Juan Bobo y las luces en el cielo, que se movían de arriba para abajo, girando y retrocediendo, podían ser una señal de que el regreso de Jesucristo estaba por suceder y todos estaban aterrorizados, porque ninguno de ellos estaba libre de pecados. Las mujeres comenzaron a persignarse decenas, millones de veces, mientras rezaban el Padre Nuestro y el Ave María con los brazos abiertos al cielo. Los hombres, como locos, comenzaron a correr, descarriados, alrededor de la plaza, dando gritos al aire, pues recordaron las palabras del cura cuando hablaba sobre del fin del mundo al leer el Evangelio de Lucas, en donde decía que habría «terror y grandes señales en el cielo».

—¡Se acerca el fin! —decían unos, muy espantados, mientras se tambaleaban.

—¡Llegó el fin del mundo! —manifestaban los otros, llevándose las manos a la cara en señal de horror.

El borrachito se despertó del quinto sueño —en donde se pasaba brincando de una dimensión astral a otra dimensión astral, visitando su pasado, comunicándose con sus amistades que ya no estaban con nosotros, a través de la telepatía, trasladándose a un futuro incierto que le hacía reflexionar si quería ser partícipe de este o si quería morirse antes—, debido al griterío que se había formado en la plaza y, luego de mirar hacia el cielo y ver todos esos puntitos centelleantes en el cielo que se movían de un lugar a otro, como si tuvieran vida propia, dijo, a todo pulmón, tambaleándose de lado a lado, levantando dos de los frasquitos de perfume de colores que se pudo robar de la iglesia:

— ¡Felih Año Nuevo! ¡Jarpi Nu Yiar!

De repente, un torbellino borrascoso, acompañado de rayos y truenos, todos juntos, se hicieron dueños de las montañas y de todos los cielos de Puerto Rico, estremeciendo las regias palmeras que habían estado tranquilas por la falta de huracanes recientes. Parecía que el alba mañanera iba a renacer a destiempo en la tierra del noble taíno borinqueño, abriendo los cielos y mostrando cosas que ojos humanos nunca debieron haber visto. Cuando las personas de la plaza miraron nuevamente hacia el cielo, vieron tres objetos metálicos muy extraños que despedían unas luces de colores muy brillantes —ámbar, rubí, esmeralda, azul celeste— desde el mismo metal. Los tres aparatos voladores estaban inmóviles en el espacio y el tiempo. Estaban suspendidos en el aire como a unos cincuenta metros de donde estaba suspendido el cuerpo de Juan Bobo. Los relámpagos, que parecían destellos de luz producidos por las explosiones de bombillas fotográficas —las que estaban llenas de gas de oxígeno y filamentos de magnesio—, dejaban ver el tamaño de los vehículos voladores, los cuales eran de unos veinte metros de circunferencia. Parecía que los tres objetos tenían ojos propios y que estaban observando todo lo que estaba sucediendo en la plaza, en especial, estaban muy atentos a la condición de Juan Bobo, quien aparentaba estar completamente limpio de la grasa, las salsas y la comida que cubrían su cuerpo, lo que había hecho pensar a la gente que el pobre niño era un zombi que venía a comerse los cerebros de los pobres puertorriqueños. Esos pobres cerebros, como el de Juan Sin Seso, ya habían sido digeridos por la propaganda capitalista yanqui.

De repente, todas las luces del pueblo se volvieron tinieblas y una oscuridad sobrenatural, más negra que lo negro, arropó a todos por igual, dejando a todo el mundo impotente. Solamente se escuchaba el zumbido del viento y el estremecimiento de los truenos alrededor de las montañas. El quiquiriquí de los gallos se apagó. Los animales, como que se fueron a tomar una siesta obligada y el cantar de los coquíes se volvió mudo. Los objetos que estaban suspendidos en el aire también mataron sus luces. Todo esto sucedía mientras Juan Bobo se encontraba flotando en el limbo. En eso, hubo una gran sacudida del terreno —como si alguien hubiera ordenado a una de las montañas tirarse al mar— y el populacho entró en un estado de terror estático cuando la tierra comenzó a vibrar, esperando la peor desventura que Puerto Rico pudiera estar esperando, aparte de la invasión yanqui de 1898, cuando los cañones imperialistas relampagueaban balas enormes sobre las costas vírgenes de una patria que jamás sería república independiente.

De pronto, el cielo se iluminó con una extraña luz celestial que parecía provenir de la misma Vía Láctea. Uno de los vehículos se aproximó unos metros más cerca de Juan Bobo, iluminando, así, a todo el pueblo. El objeto parecía una ciudad flotante con muchas luces alrededor y con lo que aparentaban ser ventanillas de varios tamaños y formas geométricas: ovaladas, triangulares, rectangulares y en forma de diamante. Mientras el objeto se acercaba más a la plaza donde estaban todos reunidos, un soplo ardiente golpeó a las personas en la cara, derritiendo, a su vez, el tempano de hielo del piragüero, quien se sorprendió y se puso muy triste porque ya no podría vender más piraguas durante el fin del mundo. Todos en el pueblo tenían caras luengas e intranquilas pensando en que pudieran tener razón en cuanto a lo del fin del mundo; tal vez los religiosos eran los que estaban equivocados. Tal vez Puerto Rico estaba predestinado a sufrir una nueva invasión de alguien más poderoso que los Estados Unidos: Rusia o China.

Alguien, dentro del bonche de gente, gritó del espanto: «¡Un platillo volador! ¡Un platillo volador!». Todo el mundo quedó mudo del gran pánico que sintieron. Sus corazones querían salírseles por la boca. Sus almas quedaron como muertas. Una mujer aterrorizada lanzó un clamor a todos los vientos: «¡Que el Cielo nos guarde!». Inmediatamente, el objeto que estaba en el centro —silencioso... majestuoso... divino— entre los otros dos cilindros voladores, encendió una luz anaranjada como el sol y un rayo brillante salió del aparato—en cámara lenta—, y descendió sobre la plaza, rodeando el cuerpo de Juan Bobo —que estaba flotando en el medio— en multitud de colores jamás vistos por ningún ser humano. El rayo brillante, aparte de envolver a Juan Bobo en una luz angelical, también paralizó a la gente en el tiempo y el espacio, para que no se dieran cuenta de lo que estaba a punto de suceder.

El cuerpo de Juan Bobo se transfiguró en algo puro, hermoso, santo, patrio. Entonces, su cuerpo enclenque comenzó a desmaterializarse en partículas infinitesimales —átomo por átomo— a la vista de todas las personas que estaban suspendidas en el tiempo y el espacio sin que ellas supieran lo que estaba pasando, sin que pudieran moverse, sin que pudieran pronunciar ni una sola palabra. Mientras el cuerpo de Juan Bobo se estaba disolviendo en moléculas subatómicas, se pudo escuchar una voz leve que también se diluía en el espacio y que decía: «¡Maaaiiiiii..........!».

Juan Bobo ya no era Juan Bobo, el niño travieso, afrenta'o para la comida, que siempre llevaba la vida al garete, haciendo creer a la gente que continuamente estaba en la brega con los animales de la finquita, pensando eternamente en pajaritos preña'os y escuchando los discursos de El Maestro en la radio. Juan Bobo se transformó en un espectro de energía que desapareció al mismo tiempo en que desaparecieron, a gran velocidad, los tres vehículos hacia algún punto en el universo.

Todo era calma y silencio en el pueblo sacrosanto. Todo había cesado. Nadie podía moverse en esta nueva y eterna realidad, su nueva normalidad. Ni una mosca se movía en este lugar que estaba paralizado y olvidado en el tiempo y el espacio. Luego de la desaparición de los tres objetos voladores no identificados, las luces del pueblo volvieron a encenderse. El firmamento se convirtió en un árbol de navidad iluminado por luces parpadeantes que acompañaban a los tres platillos espaciales. Parecía un enjambre de cucubanos centelleantes en el espacio.

En algún lugar del universo, Juan Bobo fue rematerializado sobre una plataforma de metal fría como la muerte. Indudablemente, Juan Bobo estaba a bordo de una nave espacial, si es que recordamos el escrito fantasioso de Herbert George Wells *"La guerra de los mundos"*. El pobre de Juan Bobo se encontraba acostado en esta plataforma, inmóvil, sin poder pronunciar ni una sola palabra, en una gran sala en forma de huevo donde había distintos espacios abiertos divididos por paredes de cristal ahumado. Parecía que estaba en un estado de hipnosis cataléptico o poseído por algún espíritu maligno que se escapó de la sesión espiritista y que lo mantenía en tal estado.

Había tres seres de apariencia mística —que parecían humanos—, de aproximadamente siete pies de altura, vestidos con un ropaje plateado, muy ajustado al cuerpo —demarcando las partes íntimas de cada uno de ellos—, que se mantenían observando a Juan Bobo muy de cerca. Tenían unas largas cabelleras blancas como la nieve, su tez era azulada como el cielo, de facciones europeas, y llevaban puestos unos guantes y botas de color púrpura. Se distinguía, muy bien, el género de cada uno de ellos por el delineamiento de sus áreas genitales. Dos eran masculinos y una era femenina, o como se dice en Puerto Rico, dos eran machos y una era hembra. A los alrededores había otros seres parecidos a ellos, pero con distinta vestimenta, haciendo otras labores en esta nave grandiosa. Estos seres, que observaban a Juan Bobo con gran detenimiento, notaron algo muy curioso en el pequeño borincano, quien estaba alerta a todo lo que estaba sucediendo a su alrededor, aunque no pudiera moverse o hablar. El pobre de Juan Bobo, que estaba en estado de shock debido al trauma psicológico por el cual estaba pasando, podía mover sus ojos, independientemente uno del otro, hacia todos lados, como si fuera un camaleón.

Estos tres seres, cuyas facciones eran parecidas a la de los yanquis que invadieron a Puerto Rico en 1898 y los que ocupan la isla actualmente, decidieron despertar el espíritu de Juan Bobo para entablar conversación con él y para estudiarlo como si fuera una rana de laboratorio, sin considerarlo rana de laboratorio. Tan pronto fue traído Juan Bobo al mundo consciente, lo primero que dijo fue:

—¡Maaaaaaiiiiiiiiiiiiii!

Las tres personas que acompañaban a Juan Bobo se sorprendieron de cómo él articulaba sus cuerdas vocales y emitía los sonidos. Entonces se presentaron ante Juan Bobo como Amnia, la chica, Lalkonis, uno de los tipos y Kribus, el otro. Juan Bobo percibió en sus palabras un poder sobrenatural. Hablaban en un español apropiado para la época que estaban viviendo en Puerto Rico, pero con un tono más bien cervantino. Juan Bobo no mostraba ningún tipo de complejo psicológico al compararse con tan celestiales figuras, ni temor alguno. Eso sí, esta gente era tan grande como el Gigante de Carolina. Para Juan Bobo era como estar otro día en la plaza del pueblo, rodeado de turistas blancos —no tan grandes como estos seres azules—, vestidos con ropaje blanco como los doctores, que venían a estudiar el comportamiento de los puertorriqueños del campo y a vacunarlos a todos —hundiendo maquinalmente unas agujas largas, que parecían puñales, en las nalgas de la gente— con un millón de sustancias extrañas que ellos llaman "vacunas", y que para que no se enfermaran. Para esos gringos blancos, encapuchados con el rencor y el odio de los estados confederados que fueron derrotados por las fuerzas abolicionistas del norte estadounidense, se les hacía imposible entender por qué los puertorriqueños, cabizbajos por los achaques de la vida, cantaban jubilosos en su miseria, oraban intensamente a un Dios que no conocían —que obraba milagros en ellos, resucitaba sus corazones desfallecidos y protegía sus pueblos moribundos—, y se vestían de una esperanza que les enseñaba a vivir humildemente a pesar de su historia ensombrecida por la sangre pura y santa derramada por sus antepasados. Amnia tomó de la mano a Juan Bobo —quien se sentía muy coqueto por agarrarle la mano a una chica tan hermosa— y lo paseó alrededor de la sala de comando, desde donde se manejaba la nave espacial. Juan Bobo, entrando en calentura, de esas que sufren los adolescentes, sostenido por sentimientos sinceros, trató de pellizcarle las nalgas a Amnia, con la mala suerte que Lalkonis lo vio y lo amonestó, dándole una palmada en su mano inquieta.

Como dije anteriormente, esta nave tenía la forma de un huevo y estaba rodeada de ventanas de cristal ahumado por todas partes. Había un tablero frente a una de las ventanas y tenía muchas luces, botones, unos cuadrados que mostraban imágenes a todo color, de gente que se movía y hablaba, y muchos radares celestiales, no como esos que tienen los aviones que vuelan a Nueva York desde Puerto Rico, uno de esos que agarró el padre de Juan Bobo cuando se fue a abrirse camino a los *Niuyores.* Juan Bobo estaba sorprendido de lo cerca que podía ver las estrellas del cielo desde el lugar en donde se encontraba. En la sala en donde se hallaba Juan Bobo, también había un mapa celeste que flotaba en el aire, por el cual los seres podían atravesar con sus cuerpos sin afectar las imágenes. Este mapa celeste tenía líneas elípticas, rectas, números, símbolos y cosas escritas en lenguajes que no eran de la Tierra. Juan Bobo era una esponja que absorbía todo lo que escuchaba y todo lo que veía, en especial, las súper nalgas y las súper tetas de Amnia. Observaba con mucho detenimiento cómo los otros tripulantes de la súper nave manipulaban los tableros de control con pases de mano sobre ellos sin tener que entrar en contacto con ninguno de los aparatos. A veces, como que tocaban con los dedos unas luces flotantes de salían del tablero de control. No había mucha comunicación entre estos seres. Parece que se comunicaban telepáticamente. Kribus le preguntó a Juan Bobo si deseaba algo, y Juan Bobo le dijo:

—¡Quiero a mi mai y quiero cinco chavoh pa'compral mi piragua e framgüesa!

Todos los seres alienígenas se maravillaron con la mente inocente y pura que poseía Juan Bobo. Amnia le respondió de esta manera a Juan Bobo:

—Aquí no tenemos de esas piraguas que tú tanto deseas, pero podemos hacer que aparezca una en tus manos si así lo deseas. Solamente tienes que desear la piragua de frambuesa con todo el corazón y ya verás cómo aparece en tus manos.

—¡Quiero una piragua e framgüeeeeeesaaaaaaa! —gritó Juan Bobo con todo el corazón.

Como por arte de magia, apareció la piragua de frambuesa que tanto deseaba Juan Bobo, pero esta piragua era algo especial. De la escarcha de la piragua que había aparecido en las manos de Juan Bobo salían destellos de luces multicolores y melodías que nunca había escuchado nuestro jibarito. Juan Bobo saboreó la piragua como si fuera la última piragua del universo. Mientras tanto, Amina, Lalkonis y Kribus relucían de placer al ver la felicidad que tan insignificante refresco granizado, color rojo purpúreo, causaba en el noble y tierno espíritu de Juan Bobo. Para Juan Bobo fue como beber una poción mágica que lo hacía mover el esqueleto de aquí para allá, por la musiquita que salía de la piragua.

Más adelante, Juan Bobo fue llevado a una sala muy grande que tenía una pantalla asombrosa, no como esas que se usaban para ver las películas silenciosas de Charlie Chaplin, que mostraba personas en movimiento y lugares que jamás había visto en su vida. De la pantalla también salía el sonido que producían las imágenes.

—¡Pelíluca! ¡Pelíluca! —gritaba Juan Bobo, aplaudiendo con sus manos, de la alegría.

Amnia le explicó a Juan Bobo que irían en un viaje a través del tiempo y del espacio para mostrarle las cosas que sucederían en Puerto Rico, y en el mundo, si los hombres no aprendían a amarse los unos a los otros. En lenguaje muy sutil, ese que se usa para educar a un niño de cinco años, primero le dijo que ellos eran de una tierra muy lejana, como aquella de donde vinieron los Tres Reyes Magos a ver al niñito Jesús.

—¡Relagos! ¡Relagos! —expresó Juan Bobo, muy alegremente, queriendo decir "regalos", pensando, en su mente inocente —con su estática mirada en el vacío hacía lo inesperado—, que recibiría algún tipo de presente de los seres azules.

Amnia afirmó con la cabeza, mientras continuaba con la tutoría intergaláctica. Una película le mostró a Juan Bobo el lugar de origen de Amnia y sus compañeros. Ellos eran de la Constelación de Centauro, de Alfa Centauro, para ser más precisos. El valeroso Juan Bobo observaba —muy atentamente— sentado en una silla muy cómoda de material fosforescente muy extraño —con controles en la parte delantera—, la presentación a todo color. Todo lo que tenía por dentro Juan Bobo —pulmones, corazón, cerebro— comenzó a funcionar a una velocidad extrema. Se sintió como se siente un pitirre cuando es atrapado y colocado en una jaula: desesperado, agitado, desdichado, miserable. Amnia comenzó a hablarle a Juan Bobo de manera muy tenue para calmarlo, mientras Kribus hacía unos pases de mano sobre la cabeza de Juan Bobo —como si fuera un espiritista médium—, sin que éste se diera cuenta, pues se encontraba un poco desorbitado, inquieto y turbado. Juan Bobo cayó en un estado de somnolencia y comenzó a absorber todo el conocimiento que Amnia le impartía, como si fuera un disco duro de computadora. Gozaba de una total sensación de regocijo mientras se encontraba en un estado de vigilia muy placentera al cual fue inducido.

—Ahora —decía Amnia— vas a recordar todo lo que voy a decirte, pero nunca deberás decirle nada a nadie sobre nuestro encuentro o lo que escuchaste o viste en este lugar. No queremos crear pánico entre la gente que no entiende de estas cosas sobre nosotros. Después del año 2020 vamos a permitir que los gobiernos hablen sobre nosotros de una manera más abierta. Todo lo que hacemos es para tu beneficio y para el bienestar de tu amada tierra borincana, la cual está bajo nuestra protección.

Mientras tanto, en Puerto Rico no se veía una mosca batir sus alas y volar por los aires. Todas las personas, todavía, permanecían inertes como maniquíes extraños, en el tiempo y el espacio, desde que Juan Bobo desapareció ante sus ojos hacía un minuto atrás. Ya la nave espacial había recorrido algunos años luz a través del cosmos, a la vez que Amnia seguía instruyendo a Juan Bobo de esta manera:

—Nuestros antepasados, como los antepasados de gente como nosotros —de otros planetas muy adelantados—, vinimos a este bello planeta Tierra y le pusimos una inyección a los seres vivientes que parecían hombres —los cuales eran masculinos y femeninos—, que habitaban en este mundo desolado y salvaje. Nosotros tomamos un poco de nuestro ADN, esto es lo que determina si eres hombre, vaca o mosca, y lo pusimos en todos ustedes, los habitantes de este planeta. De ahí, aparecieron los primeros seres humanos inteligentes en la Tierra, aparte del "Proyecto Adán, Lilith y Eva" el cual fue saboteado por los enigmáticos, raza malvada de verdes y grises que habían sido desterrados a la Tierra por el Supremo y quienes estaban fraguando la destrucción de éste mucho antes de ser plantados en este bello planeta.

Cuando el Supremo creó a Adán y Lilith del barro, los verdes manipularon el ADN de Lilith, convirtiéndola en un ser rebelde e inicuo que no acataría los mandatos de Adán. Luego de la confrontación de Adán con Lilith, ella lo abandonó por no quererse someter a los designios de un hombre dominante. Luego de abandonar a Adán, Lilith se juntó con los enigmáticos y se puso a parir miles de híbridos y bestias humanas, minuto tras minuto. Al ver el Supremo lo sucedido, tuvo que crearle ayuda idónea a Adán de una de sus costillas, para que no estuviera solo. El nombre de esa mujer era Eva, mujer muy voluntariosa, de carácter fuerte y ansiosa de conocer la ciencia del bien y el mal. Luego de que Eva se robara el objeto que le daría el conocimiento de Dios —la ciencia del bien y el mal—, convirtiendo a su esposo Adán en cómplice de su acto criminal, ambos fueron echados, desterrados del paraíso que había sido creado en este hermoso planeta celestial. Varios años más tarde, luego de que el hijo de Adán y Eva, Caín, asesinara a su hermano Abel —historia que se repetirá a través de los tiempos hasta el fin del mundo—, Caín consiguió una esposa en la tierra que se llamaba Nod, la cual había sido adulterada por el ADN de los enigmáticos y otras razas perversas cuando se juntaron con Lilith. En el pasado, muchos millones de años atrás, hubo muchas guerras en el universo entre distintas razas y ángeles del cielo.

Debido a esas guerras, muchas civilizaciones fueron a la Tierra e inyectaron su ADN en los seres vivientes que parecían hombres. De la combinación del ADN de todas estas culturas celestiales, y el de los terrícolas, surgieron todas las razas híbridas que hoy vemos en la Tierra, las cuales continúan librando guerras —entre ellos— que habían comenzado millones de años atrás en otras galaxias y dimensiones. ¿Por qué la Tierra? Porque la Tierra fue el planeta perfecto creado por Dios, el Creador de todo, en el cual podían coexistir todas las razas y especies del universo. Pero muchos de los alienígenas que se quedaron en la Tierra se creyeron dioses —todos los dioses de la mitología de todos los pueblos del mundo fueron reales— ante los ojos de sus creaciones y se hicieron adorar por los nuevos seres humanos quienes mostraban una exagerada conducta mitómana. Hubo muchas guerras, con armas terribles, que destruyeron las civilizaciones de Atlántida, Lemuria y Mu, donde vivían muchas de estas especies que se hicieron dioses en la Tierra —Zeus, Diana, Afrodita, Hades, Odín, Loki, Ra, Osiris, Izanami, Izanagi, Enki, Utu, Hunab Ku, Nüwa, Fuxi, Viracocha, Inti, Quetzalcóatl, Amaethon, Moloc, Baal, Totec, Brahma, Shiva, Krishna, Vishnu, Papatuanuku, Pelé, Yukiyú, Juracán, y muchos miles más— ya que poseían súper poderes científicos y tecnológicos, los cuales fueron considerados como magia por las pobres y débiles mentes humanas. Debido a que nosotros queríamos evitar más desastres en el mundo, y evitar que los humanos nos considerasen dioses, decidimos volver a nuestra casa en Alfa Centauro. Las razas humanas, con su libre albedrío —Ley Sagrada creada por Dios—, comenzaron a crear religiones falsas en el planeta, entregando su libre albedrio, y alma, a los enigmáticos y a otras razas que trabajaban para los verdes, con fines de destruir la raza híbrida humana de luz y crear las condiciones ambientales para que el planeta Tierra se convirtiera en el nuevo hogar de las razas híbridas humanas de las tinieblas. De esa manera, guerras interminables se han librado en nombre de dioses falsos —que pueden morir— y en nombre de seres malvados que se convirtieron en gobernantes, presidentes, dictadores, zares, emperadores, faraones, sultanes, reyes y reinas de este mundo frágil, hasta el presente. Ellos —raza de verdes y grises— continúan haciendo experimentos genéticos con el ADN de los humanos, sembrando ideas extrañas y negativas en la consciencia de ellos y creando enfermedades que traen una muerte temprana a los hombres.

Los humanos deberían vivir, en plena juventud, hasta los ochocientos años, pero son esclavos de medicamentos —creyendo que son las curas a condiciones físicas y mentales— que contienen metales mortíferos diminutos creados por los que crearon las enfermedades. Es como ir al mecánico para que arregle el radiador de tu carro pero que, al ser devuelto tu carro, el motor ya no sirve, el alternador ya no recibe la carga eléctrica y el *muffler* está lleno de agujeros. Mientras más se enferman las personas, más basura —medicamentos— se crea para contrarrestar —crear—las enfermedades que son el resultado de los efectos secundarios que crean esos mismos medicamentos —venenos—, por lo que se crearán más y más medicamentos y más y más enfermedades, lo que llevará a los seguros médicos a la bancarrota y a las personas a cometer actos que están en contra de la voluntad de Dios.

Los enigmáticos se alimentan del miedo creado en las consciencias humanas y de las liberaciones de consciencia de los placeres sensuales de los hombres y las mujeres. Sus preferidos son las emanaciones energéticas del alma humana cuando ésta peca en contra de la naturaleza divina. Debido a este descalabro existencial, el hombre se alejó de la verdad, de la luz y del amor. Los hombres se volvieron tan malos como los verdes y los grises hasta el punto de que torturaron y mataron, en la cruz, al enviado por Dios que vino a traer mensajes de amor al mundo y la verdad que hubiera hecho libres a todos los hombres de la Tierra. De ahí en adelante, utilizaron las religiones, con sus falsos dogmas y la espada disfrazada de cruz, para hacer el daño en vez de traer el amor entre los hombres. Toda persona que sepa la verdad, y la hable, será torturado y eliminado tal como lo hicieron con el enviado por Dios. Los magnates de todas las religiones del mundo adulteraron los libros religiosos de manera de convertir al Creador de todo el cosmos como el villano de la película y al verdadero villano como el héroe y salvador de la humanidad que crearía un nuevo orden mundial en el siglo XXI. También crearon cultos en donde se adora a gente como nosotros, lo que ustedes conocen como "extraterrestres". Convirtieron lo bueno en malo y lo malo en bueno, lo no aceptable en aceptable y lo aceptable en no aceptable. Escondieron sus indecentes cuerpos escamados verdes y grises debajo de sotanas negras —donde escondían a niños que abusaban todos los días—, y utilizaron la Palabra del Omnipotente para sembrar odios y resentimientos, haciendo que la gente se apartara de la luz y abrazara las tinieblas. Hoy en día, fumigan a la humanidad —desde aviones— con el ADN negativo de ellos, fusionándose, de esta manera, con el ADN humano, perpetuando así los odios entre las personas y las guerras eternas que no pueden acabarse por mano humana. Para controlar las posibles mentes pensantes y rebeldes que queden en la Tierra, contaminan la comida, el agua y el aire con sedativos que van destruyendo la voluntad humana, siendo, luego, entretenidos por la tecnología y los conflictos políticos que no los dejará ver lo que realmente está pasando en el mundo. A la vez, estos venenos que serán absorbidos por las personas, de una manera u otra, destruirán los sistemas reproductivos, por lo cual menos bebitos nacerán en el mundo y muchos nacerán muertos. Los bebitos que logren nacer serán inyectados con enfermedades maquiavélicamente creadas en laboratorios siniestros, las cuales poseen la data sobre el día y la hora cuando morirán dichas criaturas en el futuro, luego de pasar por la vida con un sinfín de achaques médicos que no tienen sentido de ser.

Mientras tanto, los sentidos de Juan Bobo estaban cautivados de tanto alimento mental que recibía de Amnia. Parecía que estaba disfrutando de un estado de nirvana más grande del que disfrutó Buda. Amnia también le mencionó a Juan Bobo que, en la Tierra, gente de otras dimensiones y tiempos distintos compartían el mismo espacio que los humanos sin que nadie se diera cuenta de lo que estaba haciendo la otra persona, ya fuera del pasado, del presente o del futuro. Le advirtió que era muy peligroso tratar de entrar en contacto con seres de otras dimensiones porque podría poner en peligro la continuidad existencial de todos los habitantes del universo.

Juan Bobo se sentía muy tranquilo y en paz consigo mismo mientras seguía volando en la nave a la velocidad de la luz y absorbiendo todo detalle de lo que hablaba Amnia, como una esponja de mar. Estaba en un total estado de reposo soñoliento, pero alerta a todo lo que sucedía a su alrededor. Juan Bobo no entendía, cuando estaba en Puerto Rico, de esas cosas que hablaban de rapto Bíblico, de salvación y de comunión con el Creador de todo el universo. Para él todo era una jibarada eterna que vivía un día a la vez, escuchando el quiquiriquí del gallo matutino, el cloquear de las gallinas ponedoras, el canto de los coquíes nocturnos y observando las luchas fieras del pitirre glorioso contra el guaraguao cazador en la floresta. Disfrutaba de lo que la tierra les brindaba para sostener sus cuerpos, tomando la dulce siesta del medio día en una rica hamaca en medio de dos palmeras, bebiendo su café con leche, acompañado con pan de agua, o sobao, y mantequilla, comiendo un sancocho bien caliente —con patitas de cerdo— en las tardes; desafiando con lo que el destino les ponía a todos en el camino, jugueteando con los puercos, las vacas y las gallinas. Trayendo descargas de parrandas navideñas con cuatro, güiro y maracas en los días del nacimiento del niñito Jesús y tirando petardos y manipulando luces de bengala durante el Año Viejo.

Amnia quería advertirle a Juan Bobo sobre las cosas que sucederían en Puerto Rico, y en el mundo entero, en un cercano futuro. Le habló sobre las elecciones de Puerto Rico de 1952, en donde subiría al poder un gobernador puertorriqueño que pensaba retener su posición de manera vitalicia. También le advirtió Amnia a Juan Bobo que ocurriría un atentado en el Capitolio de Washington, D.C., en 1954, en donde tres valientes hombres y una mujer con grandes pantaletas —patriotas nacionalistas puertorriqueños—, tirotearían a todos los políticos yanquis que estuvieran allí presentes como un acto de sublevación de un pueblo que exige la independencia inmediata de Puerto Rico de manos de los Estados Unidos. Por desgracia, el atentado sería infructuoso, dejando a nuestros patrios libertadores cumpliendo largas condenas en la cárcel. Desde 1961 los puertorriqueños comenzarán a convertirse en estrellas famosas y a traer fama y poner el nombre de Puerto Rico en alto. Habrá Óscares en Hollywood por las actuaciones de grande actores y actrices de origen puertorriqueño. Campanazos briosos sonarán en todo Puerto Rico debido a la partida del legendario "Maestro"; ese gigante despierto que iba a sacrificarse, en cuerpo y alma, a la causa de la independencia de Puerto Rico, izando las dos banderas patrióticas — la de Lares y la de Puerto Rico— muy alto, con gran orgullo patrio en su corazón. Luego de que sufra múltiples torturas en manos de criminales yanquis, irá a los cielos en el año 1965. En 1969 grandes galardones serán presentados a la mejor cantante de Puerto Rico durante el Primer Festival de la Canción Latina. En 1970 Puerto Rico será reconocido, mundialmente, al tener a la primera mujer puertorriqueña con el título de Miss Universo. De 1963 al

1973, miles de puertorriqueños serán enviados a pelear una guerra que no es la suya, contra un enemigo que no conocen, en una tierra que no es su patria: Vietnam. Se desatarán conflictos en la Universidad de Puerto Rico entre estudiantes y las fuerzas del gobierno desde 1971, en donde habrá muertos en ambos bandos. En 1975 la Marina yanqui de los invasores imperialistas será obligada a abandonar la Isla de Culebra. En 1978 dos jóvenes independentistas estarán involucrados en una conspiración fraguada por las fuerzas de las tinieblas y serán emboscados y asesinados por las fuerzas policiacas de Puerto Rico. En 1979 se celebrarán los Juegos Panamericanos en la Isla del Encanto. Entre 1980 al 1982 habrá enfrentamientos entre el pueblo de Puerto Rico y las fuerzas despóticas del gobierno en "Villa sin Miedo". En 1981 las fuerzas malignas que controlan el planeta en este momento, crearán un virus terrible, el SIDA, que llevará a la sepultura a muchas personas. Varios huracanes atacarán a Puerto Rico pero el peor será "María" en el año 2017. El desempleo desenfrenado será el menú del día y la corrupción gubernamental adornará la política de Puerto Rico como un árbol de navidad, mucho más allá del año 2021, socavando la dignidad de todo un pueblo. La droga controlará la economía del país y las mentes débiles y desfallecientes de los jóvenes puertorriqueños sin futuro se entregarán en cuerpo y alma a ellas. Se celebrarán plebiscitos fraudulentos en Puerto Rico, ¡y que para decidir el estatus político de la isla!, algo que será decidido, únicamente, por el gobierno de los Estados Unidos y no por los puertorriqueños. En el 2003 la Marina de Estados Unidos será echada de la Isla de Vieques. En el año 2019 el pueblo de Puerto Rico, muy enojado, se levantará y obligará a que el gobernador de la Isla renuncie a su puesto. También comenzará una racha de terremotos desde el 2019. A finales del 2019 las fuerzas de las tinieblas crearán un virus mortífero —el covid-19— que será utilizado como arma de guerra para reducir la población del planeta. Esto creará otro estado de Guerra Fría entre los países más poderosos del planeta que afectará la estabilidad y el comportamiento de los demás países. El mundo como lo conocíamos dejará de existir. Los niños de los países del primer mundo, esos que no han vivido en carne propia las guerras de otros países, quedarán muy afectados emocionalmente debido a los cambios que recaerán sobre sus frágiles espíritus. Las escuelas se convertirán en instituciones de intervención emocional correctiva en vez de centros educativos. Comenzando el año 2022 muchas cosas más sucederán en la Tierra, no para bien de la humanidad, hasta que llegue ese día especial de bienestar, de paz y de amor que muchos humanos han estado esperando por siglos, pero no sin antes ser testigos de la llegada de los enigmáticos y los grises en enormes ciudades intergalácticas que llegarán a la Tierra desde el espacio, lo que obligará a los gobiernos del mundo a establecer un nuevo orden mundial, con una moneda mundial, con una sociedad mundial, con una economía y una religión mundial, dizque para establecer un supuesto mecanismo de defensa para defender el planeta.

De esta manera le iba informando Amnia a Juan Bobo sobre las cosas que sucederían en Puerto Rico, y en el mundo entero, en un futuro muy cercano, algo que ya sucedió en el tiempo de Amnia. Juan Bobo, en este momento crucial de su vida, asfixiado por la ansiedad que embargaba sus sentidos, cerrando sus dos ventanas del alma, le preguntó a Amnia de esta manera, con el corazón adolorido y los ojos a punto de echarse a llorar y derramar un río de lágrimas:

—¿No máh piragua e framgüesa? ¿No máh mai? ¿No máh Maehtro? ¿No máh revolución? ¿No máh Puelto Rico libre? ¿No máh relagos e loh Treh Reyeh Magoh? ¿No máh coquíeh? ¿No máh gallinah bellacah? ¿No máh puelca vehtía como mai pa' dil pa' la inglesia? ¿No máh pelea e gallo rubio? ¿No máh canciones e Rafael Hernándeh? ¿No máh cancioneh pa' dil a dulmil con el turulete e la vaca que no da leche?

El pobre de Juan Bobo, fatigado y con la temperatura un poco elevada, quedó en un silencio frenético que no podía contener al no recibir una respuesta inmediata de Amnia. Parecía que iba a desfallecer con los nervios destrozados. Tenía un temblor en los huesos que pensó que se iba a morir. El sueño que pensó que estaba soñando se convirtió en una pesadilla en donde se vio sin cara debido a una máscara de tela que cubría su nariz y boca, algo que hacía que los latidos de su corazón se volvieran tan veloces como un rayo por su afán de respirar; su desesperación era como si fuera un fuego abrasador que lo consumía por dentro. Vio miles de monstruos muertos vivientes en la Tierra, personas que los gobiernos habían desaparecido bajo el pretexto de que habían muerto a consecuencia de un terrible virus que hubo en la Tierra, cuerpos que nunca recibieron una autopsia, que nunca fueron reclamados y que nunca fueron destruidos para evitar una posible re-contaminación del planeta. Esos cuerpos fueron escondidos en furgones de metal y volvieron a la vida, estando muertos, pues ya habían sido inoculados con un virus que los convertiría en muertos caminantes.

Todo para Juan Bobo fue como un rudo despertar al cual tenía que adaptarse y aceptar, o dejarse ir a la deriva —sin ofrecer resistencia— con este ciclón de verdades que le fueron reveladas. Juan Bobo se sentía entrampado en un abismo en donde se veía cayendo, pero nunca daba con el fondo. Se veía en un laberinto de espejos en donde todo se volvía sombrío, donde el pasado, el presente y el futuro se volvían perennes, insoportables. El futuro de Puerto Rico, y del mundo, no se veía muy halagador para Juan Bobo. Nunca pensó que el cielo del mundo... que el alma de las personas se oscurecería, ocultando la luz de la verdad y dando muerte a toda esperanza de prolongación de la vida humana. «¡Amniaaaaaaaaaaaa!», gritó Juan Bobo, muy alterado, mientras saltaba en el asiento.

Al ver Amnia la lucha entre el cielo y el infierno que se estaba librando en la mente de Juan Bobo, sugirió a Lalkonis y a Kribus, telepáticamente, que no había tiempo que perder; que el "Proyecto Juan Bobo" debía dar comienzo de inmediato antes de que pudieran perder a Juan Bobo para siempre. Entre tanto, Lalkonis y Kribus hicieron unos pases de mano sobre la cabeza y el cuerpo de Juan Bobo para que saliera del estado de histeria en el que se encontraba. Los dos intrépidos personajes azules pudieron remansar a Juan Bobo, al cual movieron a otra habitación que parecía un laboratorio de experimentación, en donde había dos plataformas metálicas, con unas luces suspendidas en el aire y un estanque que contenía una sustancia gelatinosa verde brillante, en medio de las dos plataformas. A la cabecera de las plataformas había dos aparatos huecos, encendidos con unas luces que parecían de neón. Voces melodiosas provenían de estas bóvedas sin que nadie estuviera dentro de ellas. También había una pared que parecía contener controles, de esos que se activan cuando se les pasa la mano sobre ellos sin tocarlos; dos pantallas, o monitores de observación, y una mesa con cristales extraños que parecía que contenían algún tipo de energía. Acostaron a Juan Bobo rápida y cuidadosamente en una de las plataformas, mientras la segunda plataforma permanecía vacía. Amnia era la encargada de este llamado operativo "Proyecto Juan Bobo", mientras que Lalkonis y Kribus manipulaban los controles de algunos de los aparatos, a la vez que la nave espacial había tomado un nuevo rumbo hacia la Tierra, al tiempo presente, en donde Juan Bobo había sido raptado frente a su madre y al resto del pueblo que estaba en la plaza.

Amnia comenzó a hablar con Juan Bobo de una manera muy tierna, mientras él permanecía recostado sobre la plataforma, y le recordó lo que le había dicho anteriormente, que todo lo que hacían ellos era para el bienestar de él y el de Puerto Rico. Todo este acontecimiento extraterrestre le parecía a Juan Bobo un infierno espantoso o un cielo maravilloso. Amnia le dijo al aterrado chico que no tuviera ningún temor, que ellos deberían hacerle unas pruebas para tener la certeza que Juan Bobo era lo suficientemente fuerte para cumplir una misión que le darían para salvar el estatus de Puerto Rico en un futuro muy cercano. Amnia le dio unas instrucciones muy claras antes de comenzar con el experimento.

—¡Juan Bobo! Quiero que permanezcas totalmente quieto cuando esta plataforma entre en el cilindro que tiene muchos colores y de donde salen melodías placenteras a tus oídos. Nosotros sabemos lo mucho que amas a Puerto Rico y al Maestro. Nosotros no podemos violar las leyes del universo y salvar a tu héroe, pero podemos poner nuestro granito de arena en otros asuntos que fueron saboteados por las fuerzas de los enigmáticos, los que causaron que tú fueras quien eres en la actualidad. Tú, Juan Bobo, salvarás a tu Patria —que era el plan original— y serás su presidente cuando tengas treinta y tres años.

Juan Bobo permanecía en silencio, escuchando con una precisión muy calculada, mientras Amnia continuaba con los preparativos.

—¡Juan Bobo! Para lograr la liberación de Puerto Rico hace falta un gran líder, con el pensamiento del Maestro, que pueda destruir la dominación del imperialismo diabólico que rige a tu hermosa patria. Tú lo lograrás, pero no como eres. ¿Quieres ser ese nuevo Maestro que llevará a Puerto Rico a la victoria? —de esta manera continuaba Amnia con su discurso.

Amnia solamente quería la afirmación de Juan Bobo por medio de su libre albedrío, lo que consiguió muy fácilmente con el asentimiento de Juan Bobo.

—¡Juan Bobo! —proseguía Amnia con las instrucciones para nuestro ingenuo héroe—. Vamos a hacer una copia tuya, tal como tú eres, con tu nombre, con tu consciencia, con tu nobleza, con tu corazón. Será como si tuvieras un hermanito gemelo. Lo único que no va a tener tu copia va a ser un alma o un espíritu. Eso solamente lo puede hacer Dios. Hay cientos de miles de copias de humanos en la Tierra, pero nadie puede distinguir entre el verdadero y el falso. Ninguna de las copias tiene alma o espíritu. La mayoría de ellas fueron creadas por los verdes y los grises para sustituir a gobernantes, a la gente de poder y de dinero, a la farándula, a los comerciantes de las noticias y a los controladores de lo que conocerás como el "Internet", perpetuándolos en la eternidad. Cuando hagamos tu copia, Juan Bobo, volveremos a Puerto Rico y dejaremos tu copia en la isla, la cual vivirá el tiempo que le fue asignado desde el principio de la creación. El verdadero tú vendrá con nosotros a Alfa Centauro, en donde limpiaremos tu cuerpo de todas las toxinas que pusieron en tu cuerpo cuando te inyectaron todas esas vacunas por esos seres malignos que gobiernan la Tierra, las cuales se han encargado de cerrarles los ojos a las personas, impidiendo que vivan en la luz y conozcan la verdad sobre todo lo que está pasando en el universo. Te daremos una educación jamás vista en la Tierra y te llenaremos de una sabiduría, la cual ni el mismo Rey Salomón tuvo. Fortaleceremos tu espíritu y llenaremos tu corazón de ese amor que dice que «Amarás a tu prójimo como a ti mismo». Te arreglaremos la mente para que la utilices como herramienta para mejorar las condiciones de vida de Puerto Rico y las del mundo. Te devolveremos a la Tierra, a tu hermosa patria, Puerto Rico, un año antes de que cumplas los treinta y tres años para que de esa manera, te involucres en la política de la isla y arregles de una vez por todas, los desarreglos y malevolencias que fueron creados por esos tiranos malhechores infames de las tinieblas durante todos esos años de ocupación de tu linda Borinquén.

Juan Bobo, nerviosamente, en su estado inconsciente, con un tanto de miedo y una sensación de desamparo, pero de espíritu fuerte y combatiente, iba siendo introducido dentro del cilindro en donde iba a ser copiado —clonado— y recreado dentro del estanque que contenía la sustancia verde brillante. Juan Bobo, que estaba en un estado soñoliento de REM, estaba siendo copiado, a la vez que su copia exacta iba desarrollándose dentro del estanque de la sustancia extraña, mientras Lalkonis y Kribus trabajaban con los cristales y los instrumentos de las paredes. Todo el proceso de clonación de Juan Bobo, "Proyecto Juan Bobo", tomó unas cuantas horas. El clon de Juan Bobo colgaba, mirando hacia abajo, de un cable que parecía un cordón umbilical.

Fue creciendo el clon en el estanque, poco a poco, como si estuviera siendo cultivado como una planta, desde su forma fetal hasta la presente edad de Juan Bobo. Cuando el clon de Juan Bobo llegó a la forma actual del original, el tanque de la sustancia verde que contenía la copia de Juan Bobo se estremeció en gran manera, mientras el verdadero Juan Bobo todavía permanecía en el cilindro. Al parecer, el clon de Juan Bobo estaba rascando y golpeando el tanque de la sustancia verde muy fuertemente con sus piernas. Parecía como cuando un bebé patea en el vientre de una madre cuando está encinta. Amnia se asustó un poco ya que pensó que el clon de Juan Bobo se había activado a sí mismo. Ella tocó unos controles que estaban en el aire y la plataforma donde estaba acostado el verdadero Juan Bobo salió del cilindro y se colocó paralela a donde estaba la otra plataforma. ¡Llegó el momento de la verdad! Lalkonis y Kribus comenzaron a hacer pases manuales sobre los cristales y, en un santiamén, el clon de Juan Bobo se desmaterializó de dentro del tanque de sustancia verde, rematerializándose, en cuestión de nanosegundos, sobre la plataforma que estaba vacía. Ambos Juanes estaban frente a frente, uno al lado del otro. Ahora, Amnia, Lalkonis y Kribus, debían transferir todas las memorias, recuerdos, sentimientos y personalidad de Juan Bobo a su copia, quien guardaría toda esta información en microscópicas entidades llamadas nanobots, las cuales funcionarían en todo su cuerpo, como inteligencia artificial. Los tres hicieron varios pases de manos sobre los cristales que contenían energía y una conexión de vibraciones magnéticas rodearon a ambos cuerpos mientras que todavía se encontraban en estado de REM.

Ya llegando de regreso al perímetro del sistema solar donde se encontraba la Tierra, Amnia y sus dos compañeros despertaron a los dos Juanes y los ayudaron a sentarse sobre las plataformas, de manera que estuvieran frente a frente, mirándose mutuamente. Una vez erguidos los dos cuerpos, Juan Bobo —el hombre de barro— (la realidad) miró fijamente a Juan Bobo —el hombre electrónico— (el reflejo) y Juan Bobo (el reflejo) miró fijamente a Juan Bobo (la realidad). Los dos personajes —convertidos en la misma entidad— se sentían extraños y no dijeron ni una sola palabra. El clon de Juan Bobo —bifurcado en dos realidades, en dos umbrales— estaba extasiado al saborear la emoción de la vida, la respiración, el oler, el ver, el escuchar, el palpar. Era difícil creer que la nueva forma de vida pudiese parecerse tanto al original.

Ambos tenían consciencia de lo que estaban mirando, lo que podían reconocer con sus sentidos.

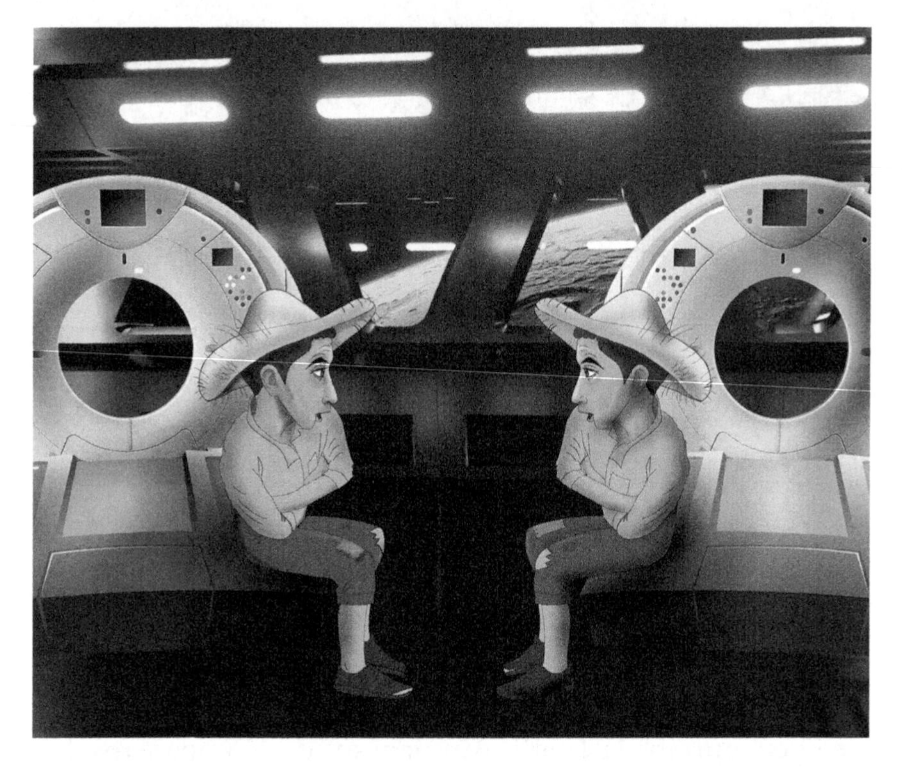

Percibían que había una aparente separación entre ambos, pero al mismo tiempo se daban cuenta de que su esencia era la misma, que las dos conciencias eran simultaneas y se entrelazaban en una sola. Sus ojos se perseguían mutuamente sin perder el asombro que sentían por lo que veían. Ambos, al mismo tiempo, metieron las manos en el bolsillo de sus pantalones y, cuando sacaron sus manos vacías, dijeron, al unísono: «Quiero cinco chavoh pa' compral piragua». Amnia preguntó al instante a ambos Juanes sin mirar a ninguno en específico:

—¿Dónde está tu mamá?

Ambos respondieron al mismo tiempo:

—¡Mi mai está en la inglesia en el venlorio e Tato, el balbero!

¡Asombroso! El "proyecto Juan Bobo" había dado unos resultados extraordinarios. Tanta perfección jamás pudo lograrse con otros humanos que trataron de clonar en el pasado nuestros amigos centaurianos. Kribus les hizo a Amnia y a Lalkonis las siguientes preguntas, sin que los Juanes escucharan nada:

—¿Qué pasaría si al llevar a Juan Bobo a Alfa Centauro se enamorase de una centauriana y se casaran? ¿Cómo llamaríamos a sus hijos? ¿Centaurriqueños? ¿Serían aceptados por nuestra gente? ¿Violaríamos alguna regla universal que pudiera perjudicar nuestra continuidad en el cosmos?

Los dos se quedaron pensativos sobre las repercusiones que dichas preguntas pudieran tener si Kribus se enterase de un secreto que solamente conocían Amnia y Lalkonis sobre el "Proyecto Juan Bobo". El universo estaba repleto de híbridos creados por las legiones de las tinieblas, todos programados para la invasión que tenían planificada para conquistar la Tierra en el siglo XXI. Mientras Kribus hablaba de estos asuntos controversiales con Amnia y Lalkonis, ambos Juanes comenzaron a preguntarse entre ellos mismos que cómo se llamaban ellos, que dónde vivían, que dónde estaban sus padres y muchas preguntas más. Al recibir las mismas respuestas, se maravillaron de tener un hermano gemelo idéntico. Uno le preguntó al otro que si quería comer piragua de frambuesa y su copia le dijo que sí. Entonces los dos, al mismo tiempo, gritaron: «¡Quiero una piragua e frangüesaaaaaaaaaaaaaa!» y las piraguas de frambuesa aparecieron en sus manos como por arte de magia, de las cuales salían destellos de luces multicolores y melodías que regocijaban el alma de Juan Bobo y los nanobots del clon.

Mientras la nave centauriana se acercaba a la Tierra —luego de dar una vuelta turística atmosférica alrededor de Marte y Venus sin hacer ninguna parada en los poblados subterráneos de dichos planetas— manteniendo una órbita de unos mil kilómetros, circunvolando el planeta, los dos Juanes fueron llevados a una sala de espera donde había varios asientos formando un círculo alrededor de una superficie cristalina que mostraba un holograma de la Tierra y, en otro más diminuto, se mostraba la isla de Puerto Rico. Los dos Juanes, en completo silencio, miraban la maravilla del holograma y la belleza verde del contorno de Puerto Rico, acompañado de sus hijas Culebra y Vieques. Los dos Juanes dijeron —rompiendo el silencio—, con añoranza y lágrimas en sus ojos: «¡Qué lindo e Puelto Rico!». Una pantalla holográfica, con tomas más cercanas del barrio de Juan Bobo —con una tecnología que hacía ver la noche como si fuera de día—, mostraba la tierra nativa, la verde sabana, el cielo estrellado, las dulces montañas, los altos palmares, los cañaverales formando laberintos, las corrientes de los ríos, los cafetales refrescantes, los tabacales hipnotizantes, la puerca de Juan Bobo estacionada en el aire, el flamboyán exuberante al lado de la iglesia, los animales con las bocas abiertas sin emitir sonidos y hasta los coquíes mujeriegos, aunque todo estaba congelado en el tiempo y el espacio.

Amnia, Lalkonis y Kribus estaban listos para mandar al clon de Juan Bobo a su pueblo, cinco minutos después de que el verdadero Juan Bobo fuera raptado frente a los ojos de todos los que estaban en la placita —quienes aún estaban como la roca— y llevado a Alfa Centauro y paseado por el futuro, donde vio las cosas que ya habían pasado en el tiempo de Amina pero que todavía no habían sucedido en el tiempo de Juan Bobo. Para esta nave centauriana era un mamey acelerar utilizando potencia "warp", y viajar a una distancia mayor de 41,3 billones de kilómetros entre la Tierra y Alfa Centauro —unos 4.37 años luz— en menos de cinco minutos. Viajar a través del tiempo era más rápido que la tecnología «warp», pues los cuerpos, o las naves, atraviesan portales dimensionales, los que conocemos como "agujeros gusanos", que se encuentran en todas partes del universo, planetas, países, ciudades y hasta en tu propia casa, aunque no lo sepas.

Ya llegaba el momento más triste de la historia, cuando los dos hermanos gemelos, que recién se conocieron, tenían que decirse un «hasta luego» en un día que sería humedecido con lágrimas sobre un suelo de metal de otro mundo y sobre una tierra no conocida por alguien que simplemente tenía recuerdos de ella: la montaña, los cañaverales, los tabacales, los cafetales, las llanuras, el flamboyán frondoso al lado de la iglesia, los ríos; los coquíes, las gallinas bellacas, el gallo pinto, la puerca vestida con los trajes de la madre, los cucubanos; su madre, su padre que se fue pa' los Niuyores, los Tres Reyes

Magos, los discursos del Maestro Pedro Albizu Campos, la bandera de Puerto Rico, la invasión yanqui de 1898, la patria encarcelada, el sueño de una patria liberada; la piragua de frambuesa. ¡Un Juan Bobo que se va y otro Juan Bobo que se queda!

Amnia, Lalkonis y Kribus observaron cómo Juan Bobo mostraba un poco de dolor en su alma, mientras su clon mostraba un tanto de extrañeza en su cuerpo controlado por inteligencia artificial, la cual era controlada por el flujo sanguíneo repleto de nanobots. El clon de Juan Bobo, sin importar el paralelismo que había entre el original y la copia, no se podía explicar el dolor que estaba sintiendo Juan Bobo en su corazón o lo que tuviera en su interior. Creo que ésta es una de las cualidades que nos distingue y que separa al ser humano de lo que no lo es. Tenemos consciencia propia, instintos, una mente, un espíritu, un alma, libre albedrio, humanidad, un corazón de carne y un corazón espiritual. Estamos vivos, que es un regalo Divino, pero no lo recordamos. Si lo recordáramos, entonces empezaríamos a vivir. Hasta el momento, lo único que podemos clonar de todo esto es el cuerpo, el cerebro y el corazón de carne, junto con los demás órganos y la sangre. Todo lo demás le pertenece a Dios.

Ambos chicos —uno con alma, el otro sin ninguna, o los dos compartiendo la misma— se abrazaron y se besaron como si hubieran sido verdaderos hermanos paridos por la misma madre, con una sonrisa que se iba perdiendo en el tiempo y en el espacio. Amnia, Lalkonis y Kribus, como científicos que eran, tomaban notas al ver tan singular gesto entre los dos Juanes. Luego, Juan Bobo clon, le dio un apretón de manos a los tres seres azules y se apartó de ellos y de Juan Bobo —con gran persistencia—, pues ya había llegado la hora en la que iba a ser transportado a la superficie de la Tierra... a Puerto Rico... a su pueblo... a su tierra borincana. Cuando comenzó el proceso de desmaterialización del cuerpo del clon, Lalkonis hizo un gesto con la mano derecha diciéndole "adiós" a Juan Bobo clon, saliéndosele una partícula acuosa del ojo derecho, la cual limpió inmediatamente antes de que Amnia o Kribus vieran la lágrima, pues no quería sabotear el gran momento con algún tipo de emoción humana. Al instante, Juan Bobo se acercó a Lalkonis y le agarró la mano derecha con su manita izquierda, como si Juan Bobo tuviera alguna conexión espiritual, o de consciencia, con Lalkonis.

Mientras tanto, en la isla del encanto, en el pueblecito de Juan Bobo —pueblo de otra época que no podemos olvidar —, el clon es rematerializado en partículas infinitesimales, de manera erecta, frente a la iglesia, dando la cara al pueblo que aún estaba detenido en el tiempo y el espacio. Al instante en que la re-materialización fue completada, dejando ver el cuerpo de Juan Bobo clon como un cuerpo sólido, la gente resucitó de su parálisis espaciotemporal, volviendo a la actividad que estaba sucediendo hacía cinco minutos —en la eterna anochecida— cuando un hombre del pueblo había gritado: «¡Un platillo volador! ¡Un platillo volador!».

Todos en el pueblo todavía miraban al cielo en busca del platillo volador que había detectado uno de los residentes del pueblo. Nadie se había percatado de la presencia de Juan Bobo —el clon—, quien estaba parado frente a todo el pueblo. Cuando Juan Bobo reconoció a la madre dentro del bonche de gente que miraba hacia el cielo, soltó su acostumbrado grito cuando quería algo de ella:

—¡Maaaaaaaaaaaaaiiiiiiiiiiiiiiiiiiiiiiiiiiiiiiiiiiiiiiiiiiiiiiiiiii!

La madre de Juan Bobo, con las piernas temblorosas y el alma adolorida, al escuchar que su hijo la llamaba, bajó el rostro a la posición normal e hizo contacto con los ojos de Juan Bobo, derramando un río de lágrimas y corriendo hacia donde estaba su hijo, abrazándolo de tal manera que parecía un pulpo cuando agarra a una presa que quiere devorar, pero en este caso era devorarlo a besos y caricias. Todos en el pueblo, al ver a Juan Bobo sano y salvo, gritaban de alegría: «¡Juan Bobo! ¡Juan Bobo! ¡Juan Bobo!». Todo parecía un himno de alegría.

— ¡El llelo! ¡El llelo! ¡Me robaron el llelo! —se lamentaba el piragüero al ver que el hielo había desaparecido.

Todos en el pueblo se arremolinaron alrededor del Juan Bobo clon y su madre, sin notar nada extraño con este Juan Bobo. Hasta el médium líder de la sesión espiritista salió de entre los matorrales a ver el gran milagro que había sucedido en el pueblo. Todo se volvió en noche de trulla navideña en el pueblo, con guitarra, cuatro, güiro, maraca, palitos, campanitas y panderetas, aunque no fuera tiempo de Navidad. La tristeza se volvió júbilo, el lloriqueo se volvió jolgorio.

Un grupo de hombres fue en busca de un puerco para matarlo, limpiarlo y ponerlo en la vara. A nadie se le ocurrió ir por la puerca de Juan Bobo. Algunas doñas fueron a la cocina de la iglesia a buscar unas ollas y calderos para comenzar varios fogones en la plaza y hacer arroz con gandules. Otros fueron a la finquita que estaba detrás de la iglesia en busca de alguna vianda para cocinar un sancocho, mientras unos niños fueron al río a ver si pescaban algunos peces para hacer pescado en escabeche. Hasta el borrachito se apuntó en la lista de voluntarios y fue a matar algunas gallinas para hacer un asopao de gallina. El médium caballote ya había ido a buscar unos guineos verdes para hacer el típico plato de guineítos sancochaos. Indudablemente podemos identificar la idiosincrasia del pueblo puertorriqueño por su algazara y su apasionamiento.

Mientras tanto, a más de 41,2 billones de kilómetros de distancia, se encontraba Juan Bobo en su nuevo hogar, Alfa Centauro, en donde continuaron trabajando en el "Proyecto Juan Bobo". Juan Bobo fue sometido a varias intervenciones médicas y genéticas a manera de desintoxicar su sistema de todos los venenos a los que estuvo expuesto cuando vivía en Puerto Rico y fuera sometido —como conejillo de Indias— a los experimentos de los enigmáticos —financiados por las grandes instituciones filantrópicas norteamericanas— bajo la excusa de que había que vacunar a toda la población, dizque para salvarle la vida a todas las personas en Puerto Rico.

También se educó a Juan Bobo en todas las áreas del saber, convirtiéndose, de esa manera, en un magnífico antropólogo y arqueólogo, además de científico en genética cosmogónica.

Pudo, Juan Bobo, avanzar en sus estudios de antropología y arqueología cósmica ya que todas las razas del universo tienen la tecnología que les permite grabar el proceso de creación y evolución de toda vida en el cosmos de manera visual, como si fuera una película. Todo está grabado en el tiempo y el espacio, y todos los gobiernos intergalácticos, incluyendo la Tierra, guardan los archivos visuales en grandes bóvedas que esconden en el Vaticano y en la bóveda del "fin de los tiempos" (DOOMSDAY' VAULT) que esconden los enigmáticos en Noruega. Nada puede alterarse sin que alguien se entere. Cada vez que los enigmáticos —quienes tienen un pacto con los gobiernos y religiones del mundo— intervienen para cambiar la historia de algún planeta y de su gente, siempre ocurren desastres irremediables.

Juan Bobo pudo ver y estudiar el proceso de la creación de la Tierra y la de sus habitantes; la creación de los continentes y la creación de Puerto Rico y su gente. Todo lo vio Juan Bobo, desde que se crearon los cielos y la tierra, la luz y las aguas, los mares y las montañas, la hierba verde y las semillas, las lumbreras de los cielos, la mayor, para iluminar el día, y la menor, para iluminar la noche; los monstruos marinos, los peces y las aves que vuelan sobre la Tierra, los seres vivientes de la Tierra según su género y especie, y el "Proyecto Adán, Lilith y Eva", hasta el presente, lo que para algunos debe ser el futuro.

El tiempo pasó hasta que Juan Bobo cumplió treinta y dos años en Alfa Centauro, fecha en la que debió haber sido regresado a Puerto Rico pero que no sucedió. Resulta que los enigmáticos, con sus huestes diabólicas, lanzaron su última campaña militar contra todos los planetas de luz y el Cielo, incluyendo el planeta de Juan Bobo. Todo decepcionado, Juan Bobo, que mostraba gran afecto por Amnia, decidió convertirse en un guerrero para la causa de Alfa Centauro y la Tierra, por lo que habló con Amnia y el comité de gobernantes y científicos de Alfa Centauro y pidió que cambiaran su estructura genética para volverse como ellos, en un centauriano más. Debido a que todo el proceso era una cuestión de seguridad planetaria —el cambio genético de Juan Bobo a una nueva especie—, todo se mantuvo en estricto silencio. Amnia estuvo involucrada en dicho proceso, pero dejó un 0.01 por ciento de puertorriqueñidad en Juan Bobo. Juan Bobo recibió el nombre de Lalkonis para ocultar su identidad. El 0.01 porciento de puertorriqueñidad en Lalkonis fue lo que hizo que se le saliera esa partícula acuosa del ojo derecho cuando se despedía de Juan Bobo clon, la cual tuvo que limpiar inmediatamente antes de que Kribus se diera cuenta que había algo extraño en él.

A la vez que estas cosas sucedían en Alfa Centauro — año terrestre 2022—, en Puerto Rico se estaban llevando a los muchachos a pelear a la guerra de Vietnam en 1972, en tanto que Luis Muñoz Marín estaba a punto de ser elegido Gobernador de Puerto Rico en 1952, año en que fuera raptado Juan Bobo y llevado a Alfa Centauro, siendo, luego sustituido por su clon. El pasado, presente y futuro convivían simultáneamente en distintas realidades dimensionales espacio-tiempo.

Mientras Lalkonis —Juan Bobo— se encontraba combatiendo a los enigmáticos en fieras luchas intergalácticas por la liberación de la Constelación Centauro —pensando en lo que pudo haber sido la lucha por la independencia de su patria estremecida por las botas yanquis que pisotearon tierra santa en 1898, y deseando plantar las palabras Justicia y Libertad de donde fueron robadas—, el clon de Juan Bobo estaría comiéndose una piragua de frambuesa, o vistiendo a la puerca con los mejores vestidos de la madre para mandarla, nuevamente, a la iglesia; o estaría yendo a otra reunión espiritista a la cual sería invitada su madre, o estaría poniendo al gallo pinto en el corral de las gallinas bellacas para que hiciera fresquerías con ellas, o estaría escuchando los discursos de Pedro Albizu Campos por la radio, o estaría caminando por los campos de Puerto Rico, mirando la miseria de su barrio, llenándose los zapatos con barro mezclado con el estiércol de los animales, cazando lagartijas con hilo de pescar, montando potros enclenques a pelo, correteando cabras lecheras, tirándole piedras a las palomas que se dirigen hacia San Juan, quemando telarañas con fósforos que consigue gratis en el friquitín de la plaza, tratando de escapar de los laberintos de algún cañaveral, brincando para arriba y para abajo mientras reza algún Padre Nuestro y un Ave María cuando quiere conseguir algo, ligando a las mujeres que se bañan desnudas en el río mientras hace cerebrito, trepándose en los árboles para agarrar alguna fruta nativa: aguacate, tamarindo, guayaba, caimito, mango, papaya, guanábana, pomarrosa, naranja, toronja. Estaría creándose su propio destino imaginario, buscando fortuna o queriéndose abrir camino hacia lo desconocido, como lo hizo su padre cuando se fue para los Niuyores; nunca pensando en que pueda existir un pasado, un presente y un futuro compartiendo el mismo espacio y tiempo simultáneamente, o en que pueda ser cierto que existan hombrecitos verdes que vienen de Marte en platillos voladores tratando de secuestrar a las vacas del campo y destruir la Tierra, o en que haya zombis cazadores de cerebros humanos por las jaldas de Puerto Rico, o en que los Cuatro Jinetes del Apocalipsis estén por cumplir los días de la tribulación de los que habla el cura de la iglesia Metodista, la que tiene muchos túneles secretos para cuando el cura quiera escabullirse con la mujer de algún jibarito; o en que los megatones de Japón vengan a perseguir a los niños traviesos del campo, o en que su padre regrese de los Niuyores, o en que su madre muera de repente y lo deje solo, o en que los Tres Reyes Magos puedan olvidarse de traerle regalos un seis de enero, o en que se le olvide recitar *"La Tierruca"* de Virgilio Dávila en la escuela, o en que se le olvide escuchar el *"El brindis del bohemio"* en la radio, junto a su madre, el fin de año; o en que no vea que, algún día, Puerto Rico pueda ser libre en un futuro cercano y se pierda el grito de guerra "¡Viva Puerto Rico Libre!", como lo gritaba El Maestro Pedro Albizu Campos, o en que él se pierda el regreso de Jesucristo con todos sus ángeles del Cielo.

De algo muy claro se acordaba este Juan Bobo que había sido plantado en Puerto Rico hacía un par de días. Para confirmar un secreto que le habían hecho jurar que no diría a nadie, Juan Bobo salió de su humilde casita al dispararse el sol con el quiquiriquí del gallo pinto, que se fundía con los ladridos de varios perros realengos. Se dirigió al corral donde vivía su querida puerca cochina. Miró hacia el cielo, como si estuviera buscando la Constelación de Centauro, y se metió en el fangal de la puerca con sus pies desnudos. Introdujo sus desesperadas manos en la tierra fangosa como buscando algo.

Las nubes en el cielo hacían la labor de difusores de la luz solar, brindando una perfecta iluminación sobre la figura de Juan Bobo, quien ya había comenzado a bucear en las profundidades del lodazal como si estuviera buscando un tesoro escondido por el mismísimo Pirata Cofresí, pirata puertorriqueño. Estuvo buscando Juan Bobo en la cama de la puerca —el bache de fango— toda la mañana hasta que, ¡Eureka!, sintió que tocaba algo sólido que estaba sepultado en el fondo del charco fangoso. Descendieron sus intrépidas manos un poco más abajo, de manera que pudiera agarrar la cosa con ambas manos. Cuando Juan Bobo agarró el artículo, lo atrajo con mucho cuidado hasta sacarlo del fango. Era un bulto sólido cubierto de barro y parecía que había algo dentro, pues el bulto era blandito. Juan Bobo trató de sobar el barro hasta desprenderlo del objeto. Parecía ser una bolsa de cuero que estaba muy bien cosida con tiras de cuero.

Llevó Juan Bobo la bolsa hasta el río para lavarla muy bien y sacarle toda la costra de encima. Una vez limpia la bolsa de cuero, Juan Bobo no pudo abrirla con sus manos, por lo que regresó a su casa para buscar ese machete bien afila'o que tenía la madre en la cocina. Luego de llegar a la casa vio que su madre ya se había ido para el pueblo a hacer algunas diligencias. Entonces, Juan Bobo agarró el machete como todo un buen puertorriqueño revolucionario y comenzó a darle cortes muy sutiles a la bolsa, de manera de no dañar lo que pudiera haber adentro.

Cuando dio con el interior de la bolsa y metió la mano en ella, sacó tres bloques de dinero comprimido que estaban amarrados con un cordón blanco. Para su sorpresa, pudo contar el dinero que había encontrado, cuyo monto era de $300.00. Aunque el Juan Bobo original no podía contar más allá de diez, este nuevo Juan Bobo podía hacer cálculos matemáticos de una forma ordenada y lógica, secreto que debía guardarse para sí mismo. Se acordó, de inmediato, que Tato, el barbero, le había dado el paquete y le dijo que lo escondiera en su casa en un lugar bien seguro donde nadie pudiera encontrarlo. ¡Qué mejor lugar que esconderlo en la piscina de la puerca!

Juan Bobo no dijo nada a la madre sobre el dinero de Tato, el barbero, porque era un secreto que le había prometido que no divulgaría a nadie. De ahí en adelante, Juan Bobo no tuvo más inconvenientes económicos cuando quería comprar piraguas de frambuesa. De ahora en adelante tendría suficiente dinero como para comprar piraguas de frambuesa el resto de su vida. ¡Quién sabe si usaría parte del dinero para la causa de la revolución puertorriqueña! Esa que acabaría con el analfabetismo, la marginación, la discriminación y la miseria de su santa patria.

Y creció Juan Bobo en su pueblo querido, donde no sucede nada... donde todo aparenta estar paralizado en el tiempo... donde los árboles todavía mueren de pie; donde, al menos, el cariño entre las personas prevalece; donde el respeto por el prójimo es la ley del día, donde el amor a la tierra es sinónimo de amor a la patria, o como nos dice Abelardo Díaz Alfaro en *"Mi Isla Soñada"*: la tierra y la patria *«se enyuntan en un solo pensamiento, como una pasión, como un culto...»; «eh algo máh jondo, máh jondo, tan deficil de explical como el amol a la madre...»*, donde la islita saboreada por el Mar Caribe y el Océano Atlántico se convierte en la tierra prometida del pueblo escogido por Dios, el Israel de Las Américas.

Juan Bobo ya dejó de ser bobo. Ya no sueña disparates, no es presenta' o y no se pone chango. Ya es un hombre hecho y derecho, sensitivo y considerado con los demás seres humanos, muy prudente e inteligente, aventurero y lleno de astucia —no es fácil de engañar—, quien no tiene alma ni espíritu, por ser un clon —secreto bien escondido en sus neurotransmisores nanobóticos de inteligencia artificial—, que pudo llegar muy alto, pues sus estudios superiores los pudo lograr en la Universidad de Puerto Rico, recinto de Rio Piedras. Objetor de conciencia, rehúsa ir a Vietnam a matar a personas que no conoce, que no le han hecho nada y en una tierra que no es la suya. Tiene mujer jibarita y trabajadora, sublime como las rosas —quien desde el principio respiraba brisas de libertad—, muy docta en la literatura revolucionaria de Puerto Rico, también tenía chancletita muy bonita, la que nació con espíritu y alma. Gracias a Dios no la llamaron Juana la Boba sino Amniamor, sin saber cómo surgió el nombre.

Este año de 1972, a la edad de treinta y dos años, Juan Bobo piensa seguir los pasos políticos del "Maestro", con una plataforma política para vencer los miedos de la gente que vive atemorizada de ser libres e independientes en una República Autónoma; una plataforma que devuelva la vista a los que viven en las tinieblas del terror al cambio y que despierte al pueblo, elevando su conciencia política de acuerdo con las circunstancias del momento. El nuevo lema del gobierno de Juan Bobo será: «Servir al pueblo con todo el corazón, con modestia, con prudencia, con integridad, con virtud y carente de deseos banales personales». Esos que han corrompido, por generaciones y generaciones, los grandes nombres de aquellas familias adineradas que se han apoderado de Puerto Rico como si fuera su *resort* privado —resguardado por mercenarios asesinos muy bien remunerados con el dinero que le pertenece al pueblo, ese que manda todos los años el gobierno Federal Norteamericano para hacer mejoras a la infraestructura de la isla— y que se han dedicado al pillaje, cada cuatrienio, cometiendo todo tipo de fechorías —mofándose y hablando vulgaridades sobre su gente a puerta cerrada— y oprimiendo cruelmente a su propio pueblo. Cree Juan Bobo, como una vez dijera René Jiménez Malaret en su libro *"Meditaciones de un Misántropo"*, que todos «*estamos en la obligación de preocuparnos de lo que afecta a todos por igual para que pueda, al fin, algún día, reinar la armonía en la sociedad de la que formamos parte y la armonía universal que hará desaparecer el egoísmo y el interés exclusivamente personalista...*" que crea rencillas políticas y religiosas, odios y envidias que, como consecuencia, crean enemistades y separación de las familias. Todas las viejas ideas —que prevalecerán más allá del siglo XXI si no son destruidas AHORA— que han mantenido a Puerto Rico en el estancamiento social, económico y moral, ahogándolo en el pesimismo, la angustia y la apatía, han causado incalculables daños en el espíritu del puertorriqueño, convirtiéndolo en un individuo que tiene miedo a progresar, que aborrece vivir una vida dura dedicada al trabajo y que vive del *cuento* —siempre en la búsqueda de una vida cómoda, sin responsabilidades, siempre pasándolo bien—, adicto a los placeres mundanos del baile, botella y baraja que lo mantienen en un estado letárgico de esclavitud generacional eterna, de inactividad patriótica revolucionaria. Para Juan Bobo —este nuevo salvador plantado por los centaurianos— los puertorriqueños deben ser como la semilla, y la patria, libre e independiente; deben ser como la tierra a la que todos deben unirse, echar raíces y florecer con ella. ¡No más corrientes ensangrentadas en nuestros ríos dorados arrastrando nuestro oro nativo a manos malvadas y traidoras que han chupado, como lapas feroces, el elixir de nuestras almas! «Si unimos, todos, nuestras manos —piensa Juan Bobo para sus adentros—, nada será imposible para crear una nueva nación independiente». Juan Bobo nunca entendió la pregunta que lanzara una vez el Dr. Ramón Emeterio Betances a los cuatro puntos cardinales: «¿Qué *hacen los puertorriqueños que no se rebelan?*». Para este Juan Bobo, sembrado en tierra Borriqueña desde las estrellas, es necesario, como dice René Jiménez Malaret en su libro *"Meditaciones de un Misántropo"*, «*destruir, pues, todas las supersticiones y todos los fanatismos: arrancar de raíz las antiguas creencias basadas en el error; extirpar las viejas ideas absurdas que mamamos en la infancia; destruir en nosotros todos los prejuicios y todas las opiniones adquiridas en la niñez con todo ese cúmulo de creencias de las que ni siquiera conciencia tenemos y que sólo por hábito, profesamos...».*

Indudablemente, Juan Bobo y todas sus aventuras serán recordadas —como recordamos a Don Quijote y Sancho Panza— en los corazones de todos los puertorriqueños —jibaritos borincanos—, en todos los pueblos de Puerto Rico, donde hay mucho que hacer, hay mucho que ver y hay mucho que aprender: Adjuntas (La Suiza de Puerto Rico), Aguada (Las ruinas de la Ermita de Espinal), Aguadilla (Buena para el Surfing), Aguas Buenas (Tierras Fértiles), Aibonito (Festival de las Flores), Añasco (En 1511 Diego Salcedo demostró a los Taínos que los españoles no eran dioses), Arecibo (Es hogar del radio telescopio más grande del mundo. Su nombre: Centro Nacional Ionosférico y Astronómico), Arroyo (Pueblo donde Samuel Morse prueba el telégrafo), Barceloneta (Donde se producen las mejores piñas del mundo), Barranquitas (Cañón de San Cristóbal), Bayamón (El chicharrón "Volao" de Bayamón), Cabo Rojo (Pueblo pesquero más grande de Puerto Rico), Caguas (Caguax fue cacique Taíno que reinó el valle del Turabo cuando llegaron los españoles), Camuy (Sistema de Cuevas del Río Camuy), Canóvanas (Hipódromo "El Comandante"), Carolina (Cuna de "El Gigante de Carolina"), Cataño (La Lancha de Cataño), Cayey (Famosa carretera "La Piquiña"), Ceiba (La ceiba es el árbol símbolo de este pueblo), Ciales (Cuna del "Poeta Nacional de Puerto Rio", Juan Antonio Corretjer), Cidra (Lago de Cidra es perfecto para la pesca y la observación de aves), Coamo (Ciudad de los Baños Termales), Comerío (Las Cuevas de la Mora),

Corozal (Río de Corozal, famoso por su oro), Culebra (El pequeño archipiélago), Dorado (Sus hoteles son los más famosos y lujosos del Caribe), Fajardo (Desde Fajardo podemos llegar a Vieques y Culebra), Florida (Grandes plantaciones de piña), Guánica (En 1898 los invasores norteamericanos desembarcan en esta ciudad), Guayama (Ciudad de las brujas), Guayanilla (Cuevas del Convento), Guaynabo (Caparra, fundada por Juan Ponce de León en 1508), Gurabo (La Ciudad de las Escaleras), Hatillo (Festividad navideña "El Día de las Máscaras"), Hormigueros (Maratón en homenaje a Segundo Ruiz Belvis), Humacao (Tierra del Cacique Taíno Jumacao, quien aprendiera español y a escribirlo), Isabela (Famoso por los quesos de hoja), Jayuya (Pueblo del Cerro Punta y el Festival del Indio Taíno), Juana Díaz (Tierra del mármol puertorriqueño y la deliciosa bebida "mabí"), Juncos (Tierra de la caña y el tabaco), Lajas (Es importante por La bahía bioluminiscente de La Parguera), Lares (El 23 de septiembre de 1868 se proclamó la independencia de la República de Puerto Rico en el Pueblo de Lares), Loíza (Su nombre proviene de Yuisa, cacica Taína, quien se casó con el mulato Pedro Mejías), Luquillo (Famoso por su balneario y sus Quioscos), Manatí (Tierra del Río Manatuabón), Las Marías (Rico por sus manantiales y riachuelos), Maricao (Pueblo del mejor café de Puerto Rico), Maunabo (Fue refugio de piratas y corsarios al irse los indios Taínos y Caribes), Mayagüez (Conocido como "La Sultana del Oeste"), Moca (El Festival del Mundillo), Morovis (Cuna del "Puente Colorao" y las "Cuevas Cabachuelas"), Naguabo (Se dice que aquí nació el "pastelillo de chapín"), Naranjito (Hogar del chango "Mozambique de Puerto Rico"), Orocovis (Festival Nacional del Pastel Puertorriqueño), Patillas (El

Lago Patillas es un lago artificial donde hay pesca de peces de agua fresca), Peñuelas (El valle de los flamboyanes), Las Piedras (El Festival del Güiro), Ponce (Cuna de El Maestro, Don Pedro Albizu Campos), Quebradillas (Lago Guajataca), Rincón (Buenas playas para el Surfing), Río Grande (Tierra de "El Yunque"), Sabana Grande (Hogar de la Virgen del Pozo), Salinas (Festival del Mojo Isleño), San Germán (Iglesia Porta Coeli), San Juan (Noche de San Juan Bautista), San Lorenzo (Santuario de la Virgen del Carmen en la Santa Montaña), San Sebastián (San Sebastián del Pepino), Santa Isabel (Hogar que posee grandes establos y caballerizas donde se crían caballos de carreras, de paso fino y de otras razas.), Toa Alta (Río La Plata es el río más largo de Puerto Rico), Toa Baja (Playa Punta Salinas), Trujillo Alto (Festival Trujillano de Orquídeas), Utuado (El Parque Ceremonial Indígena de Caguana), Vega Alta (Playa de Cerro Gordo), Vega Baja (Festival Melao Melao), Vieques (Bahía Fosforescente de Puerto Mosquito), Villalba (Festival del ñame y Carne Frita), Yabucoa (Festival Jíbaro de Martorell), y Yauco (Pueblo del café).

Juan Bobo nunca ha olvidado, aunque sea un secreto para todos, incluyendo a su mujer, que tiene un hermano gemelo llamado Lalkonis, quien vive a muchos años luz de la Tierra, en la Constelación de Centauro, y quien no se olvida de los encantos de su Borinquén hermosa —mientras maneja su nave intergaláctica de guerra (manteniendo una pava borinqueña en su cabeza y un machete revolucionario a su lado), con sus escuadras de cazabombarderos de plasma, luchando y destruyendo verdes por aquí, y grises por allá; persiguiendo a los híbridos y sus robots terminadores, tratando de establecer el orden celestial en una vasta región de cuadrantes del cosmos conocido—, mística Isla del Caribe, tierra del Edén, a la que siempre recordará como "Preciosa".

Vocabulario puertorriqueño

afrenta'o- alguien que come mucho
ajorá / ajorao- tener prisa o mucho trabajo
ajumada- borrachera
ajuma'o- borracho
al garete- a lo loco
arranca'o- no tener dinero
arroz y de masa- (dar de arroz y de masa)- golpear a alguien sin compasión
asicalá- persona bien vestida
asopao- sopa
atómico- borrachón
babería- bobería
bayoya- algarabía
bembetear - hablar
bochinchosa- chismosa
bonche- grupo grande
brega- ocupado
bruto- poco inteligente
burundanga- mezcla de cosas diversas, confusión
caballote- persona que es buena en algo o en lo que hace
chancleta- hija
chichón- inflamación en la cabeza producida por un golpe
chilla- amante
chola- cabeza

colorá- roja
cucubano- luciérnaga
cuento (vivir del cuento)- recibir dinero gratis sin necesidad de ir a trabajar [WELFARE]
dime- moneda de diez centavos
embrollao- tener muchas deudas
estar en la brega- estar trabajando
cáscara de coco- denota lo contrario a una tarea o persona fácil
chango- se dice de una persona muy sensible
chavienda- expresión de frustración
chiquitititos- extremadamente pequeños
contralla'o- dificultoso
cuco- fantasma, monstruo
cuero- prostituta
elembao- distraído
embeleco- lío, desorden
emperifollá- muy elegante
empestillarse- estar en una relación amorosa con otra persona
enfogonase- enojarse
eñemao- débil
esbaratao- golpeado de mala manera
escocotarse- caerse y pegarse duro en el suelo
esmandao- rápido
esmaya'o- hambriento
feca- mentira
filoteá / filoteao- bien vestida, bien vestido
fleje- mujer que tiene sexo con muchos hombres
fo- que apesta

friquitín- tiendita de pueblo (muy pobre) / hoy en día puede ser un establecimiento pequeño
donde se vende comida rápida
fuácata- sonido cuando te pegan con una chancleta
fufú- brujería, mal de ojo
galillo- garganta
gandinga- plato de los riñones, el hígado y el corazón del cerdo, muy bien picado y condimentado
gota gorda- sudar en exceso
grajear- besarse apasionadamente
grifería- cabello rizado de los mulatos
guame- fácil
guillarse- presumir, alardear
hacer cerebrito- tener lascivia en la mente
inopla- pobreza extrema
jalda- falda de un monte
jamona- solterona
jartarse- estar satisfecho luego de comer
jeva- novia
jurutungo- lugar lejano
juyilanga- irse a pasear o viajar
katimba- paliza
lamber- lamer
lambí'o- persona que come mucho o que quiere abarcar muchas cosas para sí mismo
ligar- mirar a alguien a escondidas
macacoa- mala suerte
mamey- fácil
mandados (mandao)- encargos
mandinga- habitantes de una región de África

mandulete- persona mayor que no actúa de acuerdo con su edad
mangó bajito (coger de mangó bajito)- aprovecharse de la ignorancia de alguien
ñame "hasta el ñame"- hasta lo más profundo
ñangotao- estar de cuclillas
pantallas- aretes
pantaletas (tener pantaletas)- tener valor
pasa- mechón de pelo rizado de los negros
patatús- ataque severo
pela- paliza
pelú- intenso
pensar en pajaritos preña'os- pensar en tonterias
pichipén- madera de mala calidad de Puerto Rico
pitorro- ron ilegal hecho en Puerto Rico
purrucha- mucho
puya- café negro sin azúcar
reguereteo- desorden
revolú- desorden
sambito (baile de sambito)- estar nervioso, fuera de control
sángano- zángano, tonto, ingenuo
suruma (coger de suruma)- coger de tonto
tapón- congestionamiento de automóviles
tunda- paliza
turuleco- atontado, mareado
vellón- moneda de cinco centavos(chavos)
virado/a (estar virá o virao)- estar molesto/a
zafacón- barriles de metal donde se echa la basura
zahorí- travieso

"¡Ah, los puertorriqueños...!

No entienden por qué los demás no les entienden cuando sus ideas son tan sencillas y no acaban de entender por qué la gente no quiere aprender a hablar español como ellos".

Gabriel García Márquez

Personas importantes mencionadas en el cuento

Elías Beauchamp e Hiram Rosado- Miembros del Partido Nacionalista Puertorriqueño que fueron fusilados en el cuartel de la Policía, en San Juan, Puerto Rico, en 1936.

Julia de Burgos fue una poeta puertorriqueña que luchó por la independencia de Puerto Rico, miembro del Partido Nacionalista Puertorriqueño. Fue considerada una de las poetas nacionales de Puerto Rico. Uno de sus poemas más reconocidos fue "R*í*o Grande de Lo*í*za".

Juan Antonio Corretjer fue periodista, activista por el movimiento pro-independencia de Puerto Rico y considerado como el poeta nacional de Puerto Rico. A los doce años escribió su primer poema "Canto a Ciales". Fue muy buen amigo de don Pedro Albizu Campos, líder nacionalista que luchó por la independencia de Puerto Rico.

Pedro Albizu Campos fue abogado y político puertorriqueño y la figura suprema del movimiento independentista puertorriqueño. Graduado de la Facultad de Derecho de Harvard, fue el más alto honor en su clase a pesar de su condición de herencia racial. Albizu Campos fue presidente del Partido Nacionalista Puertorriqueño desde 1930 hasta su muerte en 1965. Fue llamado "El Maestro".

Dr. Ramón Emeterio Betances fue la cabeza principal de la insurrección armada del 23 de septiembre de 1868 conocida como "El Grito de Lares" y es considerado el padre del movimiento de la libertad puertorriqueña, también considerado como el "Padre de la Patria" puertorriqueña.

Manuel del Palacio fue uno de los principales poetas y prosistas satíricos y burlones españoles de la segunda mitad del siglo XIX, en especial en el terreno político.

José Luis González, hijo de padre puertorriqueño y madre dominicana, fue uno de los intelectuales puertorriqueños más importantes de su generación por sus ensayos de interpretación nacional. Su obra es fundamental para entender la realidad e historia puertorriqueña del siglo XX. Algunos de sus escritos son: *"En el fondo del caño hay un negrito"*, *"En Nueva York y otras desgracias"*, *"Balada de otro tiempo"*, *"El país de cuatro pisos y otros ensayos"*, etcétera.

Alejandro Tapia y Rivera fue un poeta, dramaturgo, ensayista y escritor puertorriqueño, considerado como el padre de la literatura puertorriqueña y la persona que más ha contribuido al avance cultural de la literatura puertorriqueña. Además de sus escritos, también fue abolicionista y defensor de los derechos de la mujer.

Eugenio María de Hostos, conocido como "El Gran Ciudadano de las Américas", fue un educador, filósofo, intelectual, abogado, sociólogo puertorriqueño, novelista y defensor de la independencia puertorriqueña.

René Jiménez Malaret, nacido en Adjuntas, P.R., en 1903, fue poeta, ensayista, dramaturgo, traductor y periodista, quien colaboró para los distintos periódicos de Puerto Rico.

Acerca del autor

Ricardo A. Domínguez, canto al pensamiento libre, nació en Santurce (San Juan), Puerto Rico, el 3 de marzo de 1955. Cursó sus estudios universitarios en la Universidad de Puerto Rico, recinto de Río Piedras, en donde obtuvo su Bachillerato en Artes y Letras en 1978 y su Maestría en Educación en 1982. Obtuvo un Grado Asociado en Ciencias de Computadoras Electrónicas en el International Institute of the Americas (Universidad Mundial) en 1981. Logró cursar estudios en fotografía profesional en el New York Institute of Photography, en la ciudad de Nueva York, en donde obtuvo su certificación como fotógrafo profesional en 1983. Hizo estudios postgraduados en el Graduate Center de la Universidad de la Ciudad de Nueva York (CUNY). Trabajó como maestro de español en Puerto Rico por cuatro años, antes de mudarse para la ciudad de Nueva York en 1984. Laboró como maestro de español para las escuelas públicas de la ciudad de Nueva York, de donde se retiró. Publicó el artículo "José Martí y la Edad de Oro" en la revista literaria El Guacamayo y La Serpiente / Publicación del Departamento de Literatura del Núcleo del AZUAY de la Cultura Ecuatoriana en 1995. También escribió artículos para periódicos como El Nuevo Día, El Reportero, Mi Atleta y su Arte, el Diario La Prensa y el Connecticut Post. En dichos artículos ha dejado ver su sentir y forma de pensar con respecto a las situaciones sociopolítico-religiosas y ético-morales que estaban sucediendo en su tierra natal antes de su auto destierro a los Estados Unidos. Es un escritor de profunda sensibilidad dicha en forma sencilla, de manera que pueda penetrar a las masas poco privilegiadas. Publicó su primer libro de poemas en el año 2021: 2020 Poemas de la Realidad a la Conspiración a La Ciencia-Ficción (Información vs Desinformación) También publicó un libro de cuentos para niños y los que no son tan niños: El Niño Dorado y Kilín. En sus poesías y sus cuentos nos transmite una visión existencialista de la realidad circundante. Nos manifiesta el fatalismo intrínseco de nuestra generación que se nos muere, que se nos va de las manos, que está a punto de desaparecer.

Como fotógrafo, ha cubierto eventos para periódicos locales y periódicos en línea. Sus especialidades son el fotoperiodismo, la fotografía callejera, la fotografía de la naturaleza, entre otras. Ser fotógrafo le permite acercarse a la gente y sacar historias de cada individuo. Su trabajo ha aparecido en exposiciones con jurado en la Feria Mundial Hispana, celebrada en el Centro de Convenciones Jacob Javits, en la ciudad de Nueva York, 1987. También ha exhibido su trabajo en Maspeth Town Hall (NYC), 1992; Art/Bar-84(Stamford, CT), 1993; Fairfield Festival of the Arts (Fairfield, CT), 1995; Gallery 53 (Meriden, CT), 2014-2015; Artspace (New Haven, CT), 2015; Saint Raphael's Hospital (New Haven), 2016; Kehler Liddell Gallery (New Haven), 2018, entre otras. Su trabajo fotográfico puede ser adquirido en la siguiente dirección:

https://fineartamerica.com/profiles/ricardo-dominguez

Sinopsis

En estos últimos cuentos de Juan Bobo, él es presentado como un ser inteligente que aprende a través de las experiencias de la vida. En su afán de echar mano al "Santo Grial" borincano —una piragua de frambuesa—, cuyo costo era de cinco chavos, Juan Bobo tiene que pasar por un sinnúmero de aventuras parecidas a las que tuvieron que pasar don Quijote de la Mancha y Sancho Panza. Luego de descubrir que no tiene dinero para comprarse la piragua decide ir en busca de su madre que se encuentra en la iglesia, en una reunión espiritista. Cuando pasa por la cocina de la iglesia para llegar a la sala donde están los médiums tratando de comunicarse con los espíritus, resbala y todos los trastes le caen encima, dejándolo casi muerto. Al final, cuando Juan Bobo logra contactarse con su madre, es confundido con un zombi y tres valientes borinqueños toman sus machetes afilados para cortarle la cabeza.

Seguido al incidente de la iglesia, Juan Bobo es secuestrado por extraterrestres y llevado a otro sistema planetario, en donde es educado sobre la historia de su Isla del Encanto y entrenado para convertirse en el nuevo libertador de Puerto Rico cuando cumpla la edad de treinta y tres años. Podemos decir que detrás de la figura de este nuevo Juan Bobo, que surge como una necesidad para la literatura puertorriqueña del siglo XXI, a diferencia de los ñangotaos empedernidos que no hacen nada por la patria, vemos al nuevo revolucionario en potencia, al verdadero amante de su terruño, al héroe que cambiará el destino de su bella Borinquén.

Mediante la introducción de datos históricos que confirman los crudos momentos por los que tuvo que pasar Puerto Rico en la primera mitad del siglo XX, este libro trata de desvestir la nueva literatura puertorriqueña de todos los sofismas que han enajenado y anestesiado la sensibilidad consciente de todo un pueblo que estaba tratando de crear una identidad nacional.

Cada historia, empapada con el rico e inmortal dialecto boricua, ilustra aspectos claves de la vida y las tradiciones puertorriqueñas de esos años, lo que permitirá que estos cuentos se conviertan en una cápsula del tiempo cultural, en un vehículo que permitirá preservar la realidad histórica puertorriqueña para las futuras generaciones.